韓國正宗
獨家短期衝刺名師暢銷攻略

TOPIK I
新韓檢初級
聽力+閱讀20天解題奪分秘技
9種聽力題型×8種閱讀題型×37個公式

Always with you

不是只有在路上偶然遇見某人或是一起生活才算是緣分，和出版書籍的出版社、及閱讀書籍的讀者之間的相遇也是一種珍貴的緣分。

我們一直都很努力在理解讀者的心，也會一直陪伴著讀者。

前言

「TOPIK I 新韓檢初級 —— 聽力＋閱讀 20 天解題奪分秘技」是讓初次接觸韓國語文能力測驗的外國學習者能在短時間內理解題型、以及輕易找出答案而發行的教材。

本書分為 9 種聽力題型與 8 種閱讀題型，總共套用了 37 個公式，藉此讓讀者能更輕鬆地準備 TOPIK 考試。另外，前面的部分介紹了解題的訣竅，後面的部分則有「題型—問題—公式」，讓學習者能輕易理解學習內容。在所有考試中最重要的就是從有限的時間內找出正確答案，不過近來 TOPIK 測驗的難度持續提升，讓許多學習者都相當傷腦筋。

本書的目標是讓學習者在實際 TOPIK 測驗中快速掌握題型，並且協助考生在套用符合題型的公式後比其他人更快找到正確答案。

希望學習者能努力學習本書的題型與公式，同時在短時間內達成目標分數。另一方面，也希望本書對指導 TOPIK 測驗的所有韓文老師有幫助。

在此我想要向協助出版本書的各位表達感謝之意。首先是我的親愛的妻子鄺妙甜（Dorothy），妳自始至終都陪伴著我構思，甚至當作是自己的事情般協助我我想要表達我深深的謝意。

以及非常感謝協助我企劃與出版本書的各位編輯組的成員，最後我要感謝一直替我祈禱李炯子、姜春元、金秀琳、陳英蘭。

作者　金明俊　筆

韓國語文能力測驗 TOPIK 說明

❀ 測驗目的

- 為母語非韓國語之韓語學習者、韓國僑民、外國人提供學習方向；並祈達到普及韓語之效。
- 測試和評量韓國語使用能力，並以此為留學韓國或就業的依據。

❀ 測驗對象

並非以韓文為母語的旅外僑胞與外國人。

- 韓文學習者與欲申請韓國大學的留學生。
- 想要在韓國國內外企業與公共機關就職的人。
- 在外國學校就學中或畢業的僑胞。

❀ 成績效期

本測驗成績之有效期限為兩年（自成績公布日起計）。

❀ 測驗用途

- 外國人與完成 12 年國外教育的海外僑胞申請韓國大學與研究所。
- 想要在韓國企業就職的就業簽證、甄選、人員標準。
- 具備醫生資格的外國人欲取得韓國國內的執照承認。
- 外國人欲擔任韓文教職人員資格審查〈國立國文院〉申請文件。
- 欲取得永久居住權。
- 結婚移民者申請發放簽證。
- 完成社會整合教育課程獲得認同〈依照 TOPIK 獲得的等級，分配相關的社會整合教育課程階段〉。

✿ 測驗時間表

測驗級數	節次	測驗項目	入場時間	遲到者 不准入場	作答開始	作答結束	作答時間
TOPIK I	第 1 節	聽力、閱讀	08：30	08：40	09：10	10：50	100 分鐘
TOPIK II	第 1 節	聽力、寫作	12：20	12：30	13：00	14：50	110 分鐘
	第 2 節	閱讀	-----	15：10	15：20	16：30	70 分鐘

※ 請留意：作答結束時間並非測驗結束時間。

✿ 測驗進行說明

- 測驗流程可能會依照當天考場的情況而有所不同。
- 進行聽力測驗時必須邊聽問題邊填寫答案，結束後沒有另外提供作答時間。
- 第 1 節進行聽力測驗時只能回答聽力問題，進行寫作測驗時則只能回答寫作問題。違反時就視為違規。

✿ 問題卷的種類

種類	A 型	B 型
實施地區	美洲─歐洲─非洲─大洋洲	亞洲
實施日	星期六	星期日

✿ 測驗級數與成績等級

- 測驗級數：TOPIK I、TOPIK II
- 成績等級：6 個等級〈1~6 級〉

依照受測者獲得的綜合分數為基準判定，成績等級判定的標準如下。

測驗級數	TOPIK I		TOPIK II			
	1 級	2 級	3 級	4 級	5 級	6 級
成績等級 判定	80 分以上	140 分以上	120 分以上	150 分以上	190 分以上	230 分以上

❖ 測驗項目

● 各級數的測驗項目

測驗水準	節次	測驗項目〈時間〉	題型	題數	各項滿分	總分
TOPIK I	第 1 節	聽力〈40 分鐘〉	選擇	30	100	200
		閱讀〈60 分鐘〉	選擇	40	100	
TOPIK II	第 1 節	聽力〈60 分鐘〉	選擇	50	100	300
		寫作〈50 分鐘〉	作文	4	100	
	第 2 節	閱讀〈70 分鐘〉	選擇	50	100	

● 測驗題型

- 選擇題：4 選 1
- 作文〈寫作領域〉：只有 TOPIK II 會實施

  ①造句 2 題

  ②寫作 2 題 $\begin{cases} 200{\sim}300 \text{ 字的說明文 1 篇} \\ 600{\sim}700 \text{ 字論說文 1 篇} \end{cases}$

❖ 寫作領域作文題目評價基準

題目	評價基準	評價內容
51-52	內容與切題	是否有依照提示的題目寫出適當的內容？
	語彙的使用	是否正確使用語彙與文法？
53-54	內容與切題	• 是否確實寫出符合題意的內容？ • 是否由主題相關的內容架構而成？ • 是否以豐富和多樣化的方式表達內容？
	文章的開展結構	• 文章的結構是否明確和具備邏輯？ • 是否依照文章內容適當分段？ • 是否有適當使用有助於邏輯的言談標記，以有組織的方式連接？
	語彙使用	• 是否以多樣化與豐富的方式使用文法和語彙，選擇適當的文法和語彙？ • 是否正確使用文法、語彙及標準拼寫法？ • 是否依照文章的目的與功能寫出合乎格式的內容？

✿ 各等級成績說明

測驗水準	等級	能力指標
TOPIK I	1 級	• 能完成「自我介紹、購物、點餐」等日常生活上必需的基礎會話能力，並能理解和表達「個人、家庭、興趣、天氣」等一般個人熟知的話題。 • 能掌握約 800 個常用單字，認識基本語法並造出簡單的句子。 • 能理解和書寫簡單的日常生活實用文句。
	2 級	• 能使用韓語進行「打電話、求助」等日常生活溝通，並於「郵局、銀行」等公共設施使用韓語溝通。 • 能掌握約 1,500~2,000 個單字，理解個人熟知的話題，並以段落表達。 • 能區分使用正式或非正式場合的用語。
TOPIK II	3 級	• 日常生活溝通沒有困難，具有能使用各種公共設施服務及進行社交活動之基礎語言能力。 • 能理解自己熟悉及社會上熱門的話題，並以段落表達。 • 能區分及使用口語和書面用語。
	4 級	• 具備使用公共設施及進行社交活動之語言能力，並能執行部分一般職場業務。 • 能理解電視新聞和報紙中較淺顯的內容，並能理解且流暢表達一般社會性和抽象的話題。 • 能理解常用的慣用語和具有代表性的韓國文化，並可理解和表達社會和文化方面的內容。
	5 級	• 具備在專業 域上進行 究或執行業務所需一定程度的語言能力。 • 能理解並談論不熟悉的主題如政治、經濟、社會、文化等。 • 可因應場合正確使用正式、非正式和口語、書面用語。
	6 級	• 具備在專業 域上進行 究或執行業務所需比較正確而流利的語言能力。 • 能理解並談論不熟悉的主題如政治、經濟、社會、文化等，雖未能達到母語使用者的水準，但在執行任務和表達上沒有困難。

※ 測驗說明引用自「韓國語文能力測驗–TOPIK 臺灣」https://www.topik.com.tw/ 網站。

本書的架構與特徵

① 公式就是答案！

依本書獨有的解題祕訣與公式，搭配邊看題目邊答案的方法，輕鬆快速準備 TOPIK I 考試。只要依照本書的公式以「問題—公式—答案—語彙」的順序學習，就能輕易解題。

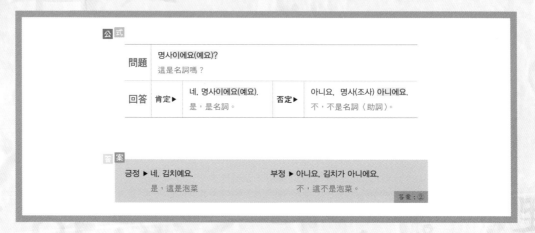

② 詳細且易懂的解題過程！

將本書 37 個公式的解題過程融會貫通，未能理解的部份請詳加研讀。搭配與韓文並列的中文解說，可對學習產生莫大的幫助。

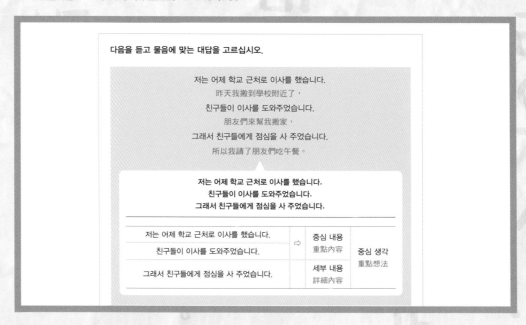

③ 語彙 · 文法一次彙整！

每種題型都收錄了重要的語彙或文法，還有包含了各種主題的「必背」部分，讓讀者能有系統地學習。

必背！－ 助詞的形態與功能

1. 은 / 는 輔助助詞
   〈형태〉〈形態〉

받침 ○	은
받침 ×	는

주제 主題	문장의 주제를 표시합니다. 表示句子的主題。 例 저는 한국 사람입니다. 제 이름은 김수진입니다.
대조 對照	대조관계를 나타낼 때 사용합니다. 用來表示對比關係。 例 여름은 더워요. 겨울은 추워요.

---

④ 使用 TOPIK 計畫表有效地達成目標！

依照本書提供的「TOPIK I 4 週 20 天計畫表」按部就班學習與練習，就能在短時間內獲得想要的分數。

TOPIK I　4 週 20 天計畫表

學習日期	月　日	月　日	月　日	月　日	月　日
第 1 週	聽力類型 1 公式 1, 2	聽力類型 1 公式 3 聽力類型 2 公式 4, 5	聽力類型 2 公式 6, 7, 8	聽力類型 2 公式 9, 10, 11	聽力類型 3 公式 12, 13
學習日期	月　日	月　日	月　日	月　日	月　日
第 2 週	聽力類型 3 公式 14, 15, 16	聽力類型 4 公式 17	聽力類型 5 公式 18 聽力類型 6 公式 19	聽力類型 7 公式 20, 21 聽力類型 8 公式 22	聽力類型 9 公式 23 聽力類型複習
學習日期	月　日	月　日	月　日	月　日	月　日
第 3 週	閱讀類型 1 公式 1	閱讀類型 2 公式 2	閱讀類型 3 公式 4	閱讀類型 4 公式 5	閱讀類型 6 公式 7, 8

目錄

■ PART 2　閱讀部份

TOPIK I 4 週 20 天計畫表

學習日期	月　　日	月　　日	月　　日	月　　日	月　　日
第 1 週	聽力類型 1 公式 1, 2	聽力類型 1 公式 3 聽力類型 2 公式 4, 5	聽力類型 2 公式 6, 7, 8	聽力類型 2 公式 9, 10, 11	聽力類型 3 公式 12, 13
學習日期	月　　日	月　　日	月　　日	月　　日	月　　日
第 2 週	聽力類型 3 公式 14, 15, 16	聽力類型 4 公式 17	聽力類型 5 公式 18 聽力類型 6 公式 19	聽力類型 7 公式 20, 21 聽力類型 8 公式 22	聽力類型 9 公式 23 聽力類型複習
學習日期	月　　日	月　　日	月　　日	月　　日	月　　日
第 3 週	閱讀類型 1 公式 1 閱讀類型 2 公式 2	閱讀類型 2 公式 3	閱讀類型 3 公式 4	閱讀類型 4 公式 5 閱讀類型 5 公式 6	閱讀類型 6 公式 7, 8
學習日期	月　　日	月　　日	月　　日	月　　日	月　　日
第 4 週	閱讀類型 6 公式 9	閱讀類型 6 公式 10	閱讀類型 7 公式 11 閱讀類型 8 公式 12	閱讀類型 8 公式 13, 14	閱讀類型複習 與最終檢驗

- 讀書計畫最好不要超過 30 天。
- 題型複習與最終檢驗時間要重複練習自己較弱的類型。
- 學習『必背』部分時，要能理解並應用語彙與文法。
- 配合計畫表學習，依照自己的理解程度調整學習量。
- 最重要的就是持之以恆。

PART 1

聽力部份

使用「是／否」回答

'네 / 아니요'로 대답하기 유형입니다. 질문을 듣고 '네' 또는 '아니요'로 대답하는 문제입니다.

這是「是」或「否」的問答題，聆聽問題後，請使用「是」或「否」回答問題。

解題
技巧

1. 대화를 듣기 전에 선택지를 모두 읽으세요.
   핵심어를 확인하여 밑줄하고 대화의 내용을 생각해 보세요.

2. 핵심어를 잘 들어보세요.

3. 선택지에서 정답을 선택하세요.

---

1. 聆聽對話前請先仔細瀏覽全部的選項。
   確認關鍵字後畫上底線，然後試著思考對話內容。

2. 試著仔細聆聽關鍵字。

3. 請在選項中找出正確答案。

公式1 # 使用「名詞＋是」的題型

🎧 1-01.mp3

다음을 듣고 물음에 맞는 대답을 고르십시오.

남자 : 이거 김치예요?

여자 : _____

① 네, 김치가 짜요.

② 아니요, 김치가 아니에요.

③ 아니요, 김치가 맛있어요.

④ 네, 김치가 없어요.

公 式

問題	명사이에요(예요)?			
	這是名詞嗎？			
回答	肯定▶	네, 명사이에요(예요). 是，是名詞。	否定▶	아니요, 명사(조사) 아니에요. 不，不是名詞〈助詞〉。

答 案

긍정 ▶ 네, 김치예요.	부정 ▶ 아니요, 김치가 아니에요.
是，這是泡菜	不，這不是泡菜。

答案：②

語 彙

이거	김치	짜다	아니다	맛있다	없다
這個	泡菜	鹹	不	好吃	沒有

다음을 듣고 물음에 맞는 대답을 고르십시오.

남자 : 이거 김치예요?　這是泡菜嗎？

> 질문 : 명사이에요(예요)?
>
> 這是名詞嗎？

여자 : _____

> 대답 : 긍정 ▶ 네, 명사이에요(예요).
>
> 　　　　　是，是名詞。
>
> 　　　부정 ▶ 아니요, 명사(조사)　아니에요.
>
> 　　　　　不是，不是名詞〈助詞〉。

① 네, 김치가 짜요.　　　　是，泡菜很鹹。
② 아니요, 김치가 아니에요.　不，不是泡菜。
③ 아니요, 김치가 맛있어요.　不，泡菜很好吃。
④ 네, 김치가 없어요.　　　是，沒有泡菜。

Tip

이 유형은 사람, 물건, 음식과 같은 명사들을 공부하면 도움이 됩니다.
명사는 명사를 설명하는 형용사 또는 동사와 함께 암기하세요. 기본 명사는 목록을 참고하세요. 8쪽을 참고하세요.

學習人物、物品、食物等名詞將有助於回答此題型。
請一併記住修飾名詞的形容詞或動詞。基本名詞列表請參考第 8 頁。

練習題 1

🎧 1-02.mp3

다음을 듣고 물음에 맞는 대답을 고르십시오.

① 아니요, 회원이 없어요.　　　　　② 네, 회원이 가르쳐요.

③ 네, 회원이 배워요.　　　　　　　④ 아니요, 회원이 아니에요.

公 式

問題	這是名詞嗎?
回答	肯定 ▶ 是，是名詞。 否定 ▶ 不，不是名詞〈助詞〉。

答 案

긍정 ▶ 네, 회원이에요.
肯定 ▶ 是，是會員。

부정 ▶ 아니요, 회원이 아니에요.
否定 ▶ 不，不是會員。

答案:④

語 彙

회원	없다	가르치다	배우다	아니다
會員	沒有	教導	學習	不是

聽力短文

남자 : 헬스클럽 회원이에요? (男子：你是健身中心的會員嗎?)

여자 : ＿＿＿＿＿＿＿＿＿＿＿ (女子：＿＿＿＿＿＿＿＿＿＿＿)

🎧 1-03.mp3

다음을 듣고 물음에 맞는 대답을 고르십시오.

① 네, 안경이에요.　　　　　② 아니요, 안경을 팔아요.

③ 아니요, 안경을 사요.　　　④ 네, 안경이 없어요.

公 式

問題	這是名詞嗎？
回答	肯定 ▶ 是，是名詞。 否定 ▶ 不，不是名詞〈助詞〉。

案

긍정 ▶ 네, 안경이에요.
肯定 ▶ 是，是眼鏡。

부정 ▶ 아니요, 안경이 아니에요.
否定 ▶ 不，不是眼鏡。

答案：①

語 彙

안경	이다	팔다	사다	없다
眼鏡	是	賣	買	沒有

聽力 短文

여자 : 안경이에요?（女子：是眼鏡嗎？）

남자 : _____（男子：_____）

必背單字！－名詞

1. 사람 人

가족	할아버지	할머니	아버지
家人	祖父	祖母	父親
어머니	남편	아내	아들
母親	丈夫	妻子	兒子
딸	남동생	여동생	오빠(여자 → 남자)
女兒	弟弟	妹妹	哥哥（女生用）
형(남자 → 남자)	언니(여자 → 여자)	누나(남자 → 여자)	친척
哥哥（男生用）	姐姐（女生用）	姐姐（男生用）	親戚
회사원	선생님	남학생 / 여학생	의사
職員	老師	男學生 / 女學生	醫生
간호사	약사	경찰관	회원
護理師	藥師	警察	會員

2. 물건 物品

가방	가위	공책	교과서 / 교재
背包	剪刀	筆記本	教科書 / 教材
돈	모자	목걸이	볼펜
錢	帽子	項鍊	原子筆
사전	신발	안경	여권
字典	鞋子	眼鏡	護照
연필	열쇠	우산	우표
鉛筆	鑰匙	雨傘	郵票

지우개	택배 / 소포	텔레비전	통장
橡皮擦	宅配 / 包裹	電視	存摺
편지	필통	화장품	휴대전화
信	筆筒	化妝品	手機

3. 음식 食物

간식	김밥	김치
零食	飯捲	泡菜
떡볶이	반찬	밥
辣炒年糕	小菜	飯
볶음밥	불고기	비빔밥
炒飯	烤肉	拌飯
빵	삼계탕	한식
麵包	蔘雞湯	韓式料理

公式2　用形容詞發問的題型

🎧 1-04.mp3

다음을 듣고 물음에 맞는 대답을 고르십시오.

> 여자 : 회사가 집에서 멀어요?
>
> 남자 : ＿＿＿＿＿＿＿＿＿＿＿＿＿＿＿＿＿＿＿＿＿＿＿＿

① 네, 회사예요.

② 네, 회사가 집에서 멀어요.

③ 아니요, 회사가 좋아요.

④ 아니요, 회사가 아니에요.

公式

問題	명사(조사) 형용사? 名詞〈助詞〉形容詞？			
回答	肯定▶	네, 명사(조사) 형용사. 是，名詞〈助詞〉形容詞。	否定▶	아니요, 명사(조사) 형용사의 반대말. 不是，名詞〈助詞〉形容詞的相反詞。

答案

긍정 ▶ 네, 회사가 집에서 멀어요.
　　　　是，公司離我家很遠。

부정 ▶ 아니요, 회사가 집에서 가까워요.
　　　　不，公司離我家很近。

答案：②

語彙

집	회사	멀다	좋다	아니다
家	公司	遠	好	不是

다음을 듣고 물음에 맞는 대답을 고르십시오.

여자 : 회사가 집에서 멀어요?　公司離家很遠嗎?

질문 : 명사(조사)　형용사?

名詞〈助詞〉形容詞?

여자 : ＿＿＿＿＿＿＿＿＿＿＿＿＿＿

대답 : 긍정 ▶ 네, 명사(조사)　형용사

是，名詞〈助詞〉形容詞。

부정 ▶ 아니요, 명사(조사)　형용사의 반대말.

不是，名詞〈助詞〉形容詞的相反詞。

① 네, 회사예요.　　　　　　是，是公司。
② 네, 회사가 집에서 멀어요.　是，公司離家很遠。
③ 아니요, 회사가 좋아요.　　不，公司很好。
④ 아니요, 회사가 아니에요.　不，不是公司。

Tip

이 유형은 사람 또는 물건을 설명하는 형용사들을 공부하면 도움이 됩니다. 형용사와 그 반대말 목록을 참고하세요. 14쪽을 참고하세요.

學習修飾人物、物品、食物等的形容詞將有助於回答此題型。請參考 14 頁的形容詞和相反詞列表。

1-05.mp3

다음을 듣고 물음에 맞는 대답을 고르십시오.

① 아니요, 일이에요.　　　　② 아니요, 일이 위험해요.

③ 네, 일이 필요해요.　　　　④ 네, 일이 많아요.

公 式

問題	名詞〈助詞〉形容詞？
回答	肯定 ▶ 是，名詞〈助詞〉形容詞。 否定 ▶ 不，名詞〈助詞〉形容詞的相反詞。

答 案

긍정 ▶ 네, 일이 많아요.　　　　부정 ▶ 아니요, 일이 적어요.

肯定 ▶ 是，事情很多。　　　　否定 ▶ 不，事情很少。

答案：④

語 彙

일	많다	위험하다	필요하다	많다
事情	多的	危險的	需要	很多的

聽力
短文

여자 : 일이 많아요?（女子：事情很多嗎？）

남자 : ＿＿＿＿＿＿＿＿＿　（男子：＿＿＿＿＿＿＿＿＿）

1-06.mp3

다음을 듣고 물음에 맞는 대답을 고르십시오.

① 네, 사전이에요.

② 아니요, 사전이 비싸요.

③ 아니요, 사전이 무거워요.

④ 네, 사전이 커요.

公式

問題	名詞〈助詞〉形容詞？
回答	肯定 ▶ 是，名詞〈助詞〉形容詞。 否定 ▶ 不，名詞〈助詞〉形容詞的相反詞。

答案

긍정 ▶ 네, 사전이 싸요.　　　　부정 ▶ 아니요, 사전이 비싸요.

肯定 ▶ 字典很便宜嗎？　　　　否定 ▶ 不，字典很貴。

答案：②

語彙

사전	싸다	비싸다	무겁디	크다
字典	便宜的	昂貴的	沉重的	大的

聽力短文

여자 : 사전이 싸요?（女子：字典很便宜嗎？）

남자 : ＿＿＿＿＿＿＿＿（男子：＿＿＿＿＿＿＿＿＿）

必背單字！－形容詞與形容詞的相反詞

※ 試著將形容詞加上안（不、沒）或是지 않다（不、沒）讓它變成相反或否定的意思。

가깝다	近的		멀다	遠的
가늘다	細的		굵다	粗的
가볍다	輕的		무겁다	重的
같다	相同的		다르다	不同的
기쁘다	高興的		슬프다	傷心的
길다	長的		짧다	短的
깊다	深的		얕다	淺的
넓다	廣闊的		좁다	狹窄的
나쁘다	壞的		좋다	好的
낮다	低的		높다	高的
느리다	慢的		빠르다	快的
달다	甜的		쓰다	苦的
덥다	熱的		춥다	冷的
뜨겁다	燙的	↔	차갑다	冰涼的
많다	多的		적다	少的
맑다	晴朗的		흐리다	陰沉的
맛있다	好吃的		맛없다	不好吃的
배고프다	飢餓的		배부르다	飽的
쉽다	容易的		어렵다	困難的
싱겁다	味道淡的		짜다	鹹的
싸다	便宜的		비싸다	昂貴的
싫다	討厭的		좋다	喜歡的
안전하다	安全的		위험하다	危險的
이르다	提早的		늦다	遲到的
재미있다	有趣的		재미없다	無趣的
작다	小的		크다	大的

※ [比較] 是 < 助詞 > / 有 < 動詞、形容詞 >

이다	是的	아니다	不是的
있다	有的	없다	沒有的

公式3　使用動詞發問的題型

🎧 1-07.mp3

다음을 듣고 물음에 맞는 대답을 고르십시오.

여자 : 내일 영화를 봐요?

남자 : _____

① 네, 영화를 찾아요.　　　② 네, 영화를 봐요.

③ 아니요, 영화가 있어요.　　④ 아니요, 영화가 아니에요.

公式

問題	명사(조사) 동사? 名詞〈助詞〉動詞？			
回答	肯定▶	네, 명사(조사) 동사. 是，名詞〈助詞〉動詞。	否定▶	아니요, 명사(조사) '안' 동사. 不是，名詞〈助詞〉"안"動詞。

答案

긍정 ▶ 네, 영화를 봐요.　　　　　　부정 ▶ 아니요, 영화를 안 봐요.
　　　　是，我明天去看電影。　　　　　　　　不是，我明天不去看電影。

答案：②

語彙

내일	영화	보다	찾다	있다	아니다
明天	電影	看	尋找	有	不是

다음을 듣고 물음에 맞는 대답을 고르십시오.

> 여자 : 내일 영화를 봐요? 你明天去看電影嗎?
>
> > 질문 : 명사(조사) 동사
> >
> > 名詞〈助詞〉動詞?
>
> 남자 : ＿＿＿＿＿＿＿＿＿＿＿＿＿＿
>
> > 대답 : 긍정 ▶ 네, 명사(조사) 동사
> >
> > 　　　　　是，名詞〈助詞〉動詞。
> >
> > 　　　부정 ▶ 아니요, 명사(조사) '안' 동사
> >
> > 　　　　　不是，名詞〈助詞〉"안"助詞。

① 네, 영화를 찾아요.　　　是，找電影。

② 네, 영화를 봐요.　　　　是，看電影。

③ 아니요, 영화가 있어요.　　不，有電影。

④ 아니요, 영화가 아니에요.　不，不是電影。

Tip

이 유형은 기본 동사들을 공부하면 도움이 됩니다.

기본 동사와 동사의 반대말 목록을 참고하세요. 20쪽을 참고하세요.

學習基本動詞將有助於回答此題型。

基本動詞及動詞相反詞，請參考 20 頁。

🎧 1-08.mp3

다음을 듣고 물음에 맞는 대답을 고르십시오.

① 네, 공항에 없어요.　　　　② 아니요, 공항에 안 가요.

③ 네, 공항이 아니에요.　　　　④ 아니요, 공항에서 일해요.

公 式

問題	名詞〈助詞〉動詞？
回答	肯定 ▶ 是，名詞〈助詞〉動詞。 否定 ▶ 不，名詞〈助詞〉"안" 動詞。

答 案

긍정 ▶ 네, 공항에 가요.

肯定 ▶ 是，去機場。

부정 ▶ 아니요, 공항에 안 가요.

否定 ▶ 不，不去機場。

答案：②

語 彙

오늘	공항	가다	없다	아니다	일하다
今天	機場	去	沒有	不是	工作

聽力
短文

여자 : 오늘 공항에 가요? （女子：今天要去機場嗎？）

남자 : ＿＿＿＿＿＿＿＿＿ （男子：＿＿＿＿＿＿＿＿＿）

🎧 1-09.mp3

다음을 듣고 물음에 맞는 대답을 고르십시오.

① 네, 김밥을 먹어요.　　　　　② 아니요, 김밥이에요.

③ 아니요, 김밥이 아니에요.　　　④ 네, 김밥을 팔아요.

公式

問題	名詞〈助詞〉動詞？
回答	肯定 ▶ 是，名詞〈助詞〉動詞。 否定 ▶ 不，名詞〈助詞〉"안" 動詞。

答案

긍정 ▶ 네, 김밥을 먹어요.
肯定 ▶ 是，吃飯捲。

부정 ▶ 아니요, 김밥을 안 먹어요.
否定 ▶ 不，不吃飯捲。

答案：①

語彙

김밥	먹다	아니다	팔다
飯捲	吃	不是	賣

聽力短文

남자 : 김밥을 먹어요? （男子：妳吃飯捲嗎？）

여자 : _____ （女子：_____）

必背單字！－動詞

※ 試著將動詞單字加上지 않다（不、沒）或是안（不、沒）使其變成否定的意思。

1. 기본 동사 基本動詞

하다	做	만들다	製造
일하다	工作	만나다	見面
공부하다	學習	먹다	吃
보다	看	마시다	喝
듣다	聽	건너다	穿越
읽다	閱讀	(사진을) 찍다	照相
쓰다	寫	키우다	養育
찾다	尋找	(신발을) 신다	穿（鞋子）

2. 동사와 동사의 반대말 動詞與動詞的相反詞

가다	去	오다	來
가르치다	教導	배우다	學習
꺼내다	掏出	넣다	裝進
(불을) 끄다	關〈燈〉	(불을) 켜다	開〈燈〉
닫다	關	열다	開
받다	接收	주다	給
(옷을) 벗다	脫〈衣服〉	(옷을) 입다	穿〈衣服〉
(모자를) 벗다	脫〈帽子〉	(모자를) 쓰다	戴〈帽子〉
보내다	送	받다	收下
붙이다	貼	떼다	摘下
사다	買	팔다	賣
살다	活	죽다	死
시작하다	開始	끝나다	結束
알다	知道	모르다	不知道

이기다	贏		지다	輸
자다	睡覺		일어나다	起來
출발하다	出發	↔	도착하다	到達
타다	搭乘		내리다	降下、下〈車〉

回答問題

'의문사에 맞는 대답 고르기'입니다. 이 유형은 '누가', '언제', '어디서', '무엇', '왜', '어떻게' 와 같은 의문사로 시작합니다.

這是「選出符合疑問詞的回答」的題型，是以「誰」、「何時」、「何地」、「何事」、「為何」、「如何」等疑問詞為開始的題型。

누가	사람에 대한 정보를 물어볼 때 사용합니다.
언제	동작이 발생한 시간에 대한 정보를 물어볼 때 사용합니다.
어디서	사람이나 물건의 위치에 대한 정보를 물어볼 때 사용합니다.
무엇	누군가 또는 무언가에 대한 정보를 물어볼 때 사용합니다.
왜	무언가 일이 일어난 이유나 누군가 무엇을 하는 이유를 물을 때 사용합니다.
어떻게	무언가 일어난 방식이나 누군가의 동작 또는 누군가가 무엇을 하는 방법을 물어볼 때 사용합니다.

誰	詢問人物相關資訊時使用。
何時	詢問動作發生的時間相關資訊時使用。
何地	詢問人物或物品的位置相關資訊時使用。
何事	詢問某人或某事相關資訊時使用。
為何	詢問某事發生的原因、或某人做某事的理由時使用。
如何	詢問發生的方式、某人的動作或某人做某事的方式時使用。

정답은 '네 / 아니요'로 대답하기보다 더 자세한 정보입니다. 따라서 이 유형은 '네' 또는 '아니요'로 대답할 수 없습니다.

答案需包含更詳細的資訊，此一題型不能使用「是或否」回答。

解題技巧

1. 대화를 듣기 전에 선택지를 읽으세요.
   핵심어를 확인하여 밑줄하고 대화의 내용을 생각해 보세요.

2. 짧은 문장이므로 잘 들으세요.
   (1) 대화에서 사용한 의문사에 집중하세요.
   (2) 대화의 핵심어를 메모하세요.

3. 선택지에서 정답을 선택하세요.
   '네'와 '아니요'로 대답할 수 없습니다.

1. 在聆聽對話前請先仔細閱讀選項。
   確認關鍵字後，在底下劃線並思考對話內容。

2. 請仔細聆聽短文。
   (1) 專心聆聽對話中使用的疑問詞。
   (2) 記錄在對話中出現的關鍵字。

3. 在選項中找出正確答案，不能使用「是」和「否」回答。

公式 4　詢問人（對象）的題型〈誰／誰 + 助詞〉

'누가'는 '누구가'의 줄임말이다.

"누가" 是 "누구가" 的縮寫。

 2-01.mp3

'누가'는 '누구가'의 줄임말이다.

> 남자 : 누구와 여행을 해요?
>
> 여자 : _____

① 친구와 여행을 해요.   ② 처음 여행을 가요.

③ 여행사에서 만나요.   ④ 오늘 저녁에 가요.

公式

問題	누구(조사)	명사(조사)	동사?
	誰〈助詞〉	名詞〈助詞〉	動詞？
回答	사람(조사)	명사(조사)	동사.
	人〈助詞〉	名詞〈助詞〉	動詞。

答案

친구와 여행을 해요.

我和朋友一起旅行。

答案：①

語彙

누구	여행(을) 하다	친구	처음	가다	여행사	만나다	오늘	저녁
誰	旅行	朋友	初次	去	旅行社	見面	今天	晚上

다음을 듣고 물음에 맞는 대답을 고르십시오.

남자 : 누구와 여행을 해요? 你和誰一起旅行？

질문 : 누구(조사)   명사(조사)   동사?
　　　誰〈助詞〉   名詞〈助詞〉   動詞？

여자 : ＿＿＿＿＿＿＿＿＿＿＿＿＿＿＿＿

질문 : 사람(조사)   명사(조사)   동사?
　　　人〈助詞〉   名詞〈助詞〉   動詞？

① 친구와 여행을 해요.　和朋友一起旅行。
② 처음 여행을 가요.　　第一次去旅行。
③ 여행사에서 만나요.　在旅行社見面。
④ 오늘 저녁에 가요.　　今天晚上去。

Tip

이 유형은 '누구'에 대한 대답을 찾는 문제입니다. 정답은 사람의 이름, 직업입니다.
직업과 관련된 단어는 28쪽을 참고하세요.

此一類型是回答〝誰〞的問題，正確答案是人的名字、稱謂、身分、職業。
和職業相關的單字請參考 28 頁。

2-02.mp3

다음을 듣고 물음에 맞는 대답을 고르십시오.

① 동생이 청소를 해요.   ② 아침에 청소를 해요.

③ 가끔 청소를 해요.   ④ 교실을 청소해요.

公 式

問題	誰〈助詞〉名詞〈助詞〉動詞？
回答	人〈助詞〉名詞〈助詞〉動詞。

答 案

동생이 해요.
弟弟／妹妹做。

동생이 청소를 해요.
弟弟／妹妹打掃。

答案：①

語 彙

청소(를) 하다	동생	아침	가끔	교실
打掃	弟弟	早上	偶爾	教室

聽 力
短 文

여자 : 누가 청소를 해요? (女子 : 誰打掃？)

남자 : _____ (男子 : _____)

2-03.mp3

다음을 듣고 물음에 맞는 대답을 고르십시오.

① 지금 왔어요.　　　　　　② 저분은 간호사예요.

③ 나랑 함께 갔어요.　　　　④ 학교에서 만났어요.

公 式

問題	代名詞〈助詞〉是誰呢？
回答	代名詞〈助詞〉是人〈名詞〉。

案

저분은 간호사예요.
那位是護理師。

答案：②

語 彙

지금	오다	간호사	함께	가다	학교	만나다
現在	來	護理師	一起	去	學校	見面

聽力 短文

남자 : 저분은 누구예요? (男子：那個人是誰呢？)

여자 : _____　(女子：_____)

必背單字！－職業

가수	歌手
간호사	護理師
경찰	警察
공무원	公務員
교사 / 선생님	教師 / 老師
교수	教授
군인	軍人
변호사	律師
아나운서	主播
약사	藥師
연예인	藝人
영화배우	電影演員
요리사	廚師
운전사	司機
유학생	留學生
음악가	音樂家
의사	醫生
종업원	員工
학생	學生
화가	畫家
회사원	職員

公式5　詢問時間的題型
〈何時／幾點＋助詞／月份＋助詞〉

🎧 2-04.mp3

다음을 듣고 물음에 맞는 대답을 고르십시오.

남자 : 언제 출근을 해요?

여자 : _____

① 지금 퇴근을 해요.　　　　　② 7시에 출근을 해요.

③ 회사에서 출근을 해요.　　　④ 어제 지하철에서 봤어요.

公式

問題	언제　　　　명사(조사)　　　동사? 何時　　名詞〈助詞〉　　助詞？
回答	1.　　명사(조사)　　　동사. 　　　名詞〈助詞〉　　動詞。 2.　　명사(조사)　　　명사(을/를)　　동사. 　　　名詞〈助詞〉　　名詞〈助詞〉　　動詞。

答案

7시에 출근을 해요.

我 7 點上班。

答案：②

語彙

출근(을) 하다	지금	퇴근(을) 하다	회사	어제	지하철	보다
上班	現在	下班	公司	昨天	地鐵	看

다음을 듣고 물음에 맞는 대답을 고르십시오.

> 남자 : 언제 출근을 해요?　你什麼時候去上班？

질문 :	언제	명사(조사)	동사?
	何時	名詞〈助詞〉	動詞？

여자 : ＿＿＿＿＿＿＿＿＿＿＿＿＿＿＿

대답 :	명사(조사)	동사.
	名詞〈助詞〉	動詞。

① 지금 퇴근을 해요.　　　　現在下班。

② 7시에 출근을 해요.　　　　7點上班。

③ 회사에서 출근을 해요.　　在公司上班。

④ 어제 지하철에서 봤어요.　昨天在地鐵看見了。

Tip

이 유형은 '언제'에 대한 대답을 찾는 문제입니다. 정답은 시간과 관련된 단어입니다. 시간과 관련된 단어는 33쪽을 참고하세요.

此一類型是回答「何時」的問題，答案是和時間相關的單字。與時間相關的單字請參考 33 頁。

2-05.mp3

다음을 듣고 물음에 맞는 대답을 고르십시오.

① 7시에 먹을 거예요.　　　② 집에서 먹을 거예요.

③ 동생하고 먹을 거예요.　　④ 삼겹살을 먹을 거예요.

公式

問題	何時　名詞〈助詞〉 動詞
回答	名詞〈助詞〉動詞。 名詞〈助詞〉名詞〈을/를〉動詞。

答案

7시에 먹을 거예요.

將在 7 點吃。

7시에 저녁을 먹을 거예요.

將在 7 點吃晚餐。

答案：①

語彙

저녁	먹다	집	동생	삼겹살
晚餐	吃	家	弟弟	五花肉

聽力
短文

여자 : 언제 저녁을 먹을 거예요?（女子：你什麼時候要吃晚餐呢？）

남자 : _____ （男子：_____ ）

練習題 2

 2-06.mp3

다음을 듣고 물음에 맞는 대답을 고르십시오.

① 언니와 출발해요.　　　② 다섯 시에 도착해요.

③ 5월에 가요.　　　④ 사무실에서 출발해요.

公式

問題	幾點〈助詞〉動詞？
回答	名詞〈助詞〉或副詞〈助詞〉動詞。

答案

다섯 시에 도착해요.

五點抵達。

答案：②

語彙

도착하다	언니	출발하다	다섯	가다	사무실
抵達	姊姊	出發	五	去	辦公室

聽力短文

남자 : 몇 시에 도착해요?（男子：幾點抵達呢？）

여자 : ＿＿＿＿＿＿＿＿＿＿　（女子：＿＿＿＿＿＿＿＿＿＿）

년(해)	작년	올해	내년		
年	去年	今年	明年		

계절	봄	여름	가을	겨울	
季節	春天	夏天	秋天	冬天	

달(월)	지난 달	이번 달	다음 달		
月	上個月	這個月	下個月		

주	지난 주	이번 주	다음 주		
星期	上星期	這星期	下星期		

평일	월요일	화요일	수요일	목요일	금요일
平日	星期一	星期二	星期三	星期四	星期五

주말	토요일	일요일			
週末	星期六	星期天			

휴일	공휴일	방학	휴가		
假日	公休日	放假	休假		

하루	어제	오늘	내일	모레	
一天	昨天	今天	明天	後天	

아침	낮	저녁	밤	새벽	오전	오후
早上	中午	傍晚	晚上	凌晨	上午	下午

시간	시	분	초		
時間	小時	分鐘	秒		

1. 수 읽기 數字讀法

	숫자(수)			數字
0	영	–	–	零
1	일	한	하나	一
2	이	두	둘	二
3	삼	세	셋	三
4	사	네	넷	四
5	오	–	다섯	五
6	육	–	여섯	六
7	칠	–	일곱	七
8	팔	–	여덟	八
9	구	–	아홉	九
10	십	–	열	十
20	이십	–	스물	二十
30	삼십	–	서른	三十
40	사십	–	마흔	四十
50	오십	–	쉰	五十
60	육십	–	예순	六十
70	칠십	–	일흔	七十
80	팔십	–	여든	八十
90	구십	–	아흔	九十

		억			만								
천	백	십	일	천	백	십	일	천	백	십	일		
									1	0	0	백	百
								1	0	0	0	천	千
							1	0	0	0	0	만	一萬
						1	0	0	0	0	0	십만	十萬
					1	0	0	0	0	0	0	백만	一百萬
				1	0	0	0	0	0	0	0	천만	一千萬
			1	0	0	0	0	0	0	0	0	억	一億

例 329 삼백 이십 구 三百二十九

14975 만 사천 구백 칠십 오 一萬四千九百七十五

2. 순서 序數

	순서	序數
1	첫째	第一
2	둘째	第二
3	셋째	第三
4	넷째	第四
5	다섯째	第五
6	여섯째	第六
7	일곱째	第七
8	여덟째	第八
9	아홉째	第九
10	열째	第十

公式6 詢問場所的題型〈哪裡 + 助詞〉

🎧 2-07.mp3

다음을 듣고 물음에 맞는 대답을 고르십시오.

> 남자 : 어디에서 이 옷을 샀어요?
>
> 여자 : _____

① 어제 샀어요.   ② 남대문에서 샀어요.

③ 동생이 샀어요.   ④ 8시에 샀어요.

公式

問題	어디(조사) 哪裡〈助詞〉	명사(조사) 名詞〈助詞〉	동사? 動詞？	
回答	1. 명사(조사) 名詞〈助詞〉	동사. 動詞。		
	2. 명사(조사) 名詞〈助詞〉	명사(조사) 名詞〈助詞〉	동사. 動詞。	

答案

남대문에서 샀어요.

我在南大門買的。

答案：②

語彙

옷	사다	어제	남대문	동생
衣	買	昨天	南大門	妹妹

다음을 듣고 물음에 맞는 대답을 고르십시오.

남자 : 어디에서 이 옷을 샀어요?　這些衣服是在哪買的呢？

질문：	어디(조사)	명사(조사)	동사?
	哪裡〈助詞〉	名詞〈助詞〉	動詞？

여자 : _____

대답：	명사(조사)	동사.
	名詞〈助詞〉	動詞。

① 어제 샀어요.　　　我昨天買的。
② 남대문에서 샀어요.　我在南大門買的。
③ 동생이 샀어요.　　妹妹買的。
④ 8시에 샀어요.　　8點買的。

Tip

이 유형은 '어디'에 대한 대답을 찾는 문제입니다. 정답은 장소 또는 방향입니다.
따라서 일반적인 장소와 한국의 유명한 장소는 꼭 암기해야 합니다. 40쪽을 참고하세요.

此一題型是回答〝哪裡〞的問題，答案是場所或方向。請務必要記住一般場所與韓國著名的
景點，請參考 40 頁。

練習題 1

2-08.mp3

다음을 듣고 물음에 맞는 대답을 고르십시오.

① 오늘 여행을 가요.　　　　② 자전거 여행을 해요.

③ 한국으로 여행을 가요.　　　④ 엄마와 여행을 해요.

公式

問題	哪裡〈助詞〉名詞〈助詞〉動詞？
回答	名詞〈助詞〉動詞。 名詞〈助詞〉名詞〈助詞〉動詞。

答案

한국으로 가요.　　　　　　　　한국으로 여행을 가요.

我要去韓國。　　　　　　　　　我要去韓國旅行。

答案：③

語彙

여행	가다	오늘	자전거	한국	엄마
旅行	去	今天	自行車	韓國	媽媽

聽力短文

여자 : 어디로 여행을 가요? (女子：你要去哪裡旅行呢？)

남자 : ＿＿＿＿＿＿＿＿ (男子：＿＿＿＿＿＿＿＿＿)

練習題 2

2-09.mp3

다음을 듣고 물음에 맞는 대답을 고르십시오.

① 시청에서 만나요.   ② 다섯 시에 만나요.

③ 남동생과 만나요.   ④ 친구를 만나요.

公式

問題	哪裡〈助詞〉動詞？
回答	名詞〈助詞〉動詞。

案

시청에서 만나요.

在市政府見。

答案：①

語彙

오늘	만나다	시청	남동생	친구
今天	見面	市政府	弟弟	朋友

聽力短文

남자 : 오늘 어디에서 만나요? (男子：今天要在哪見面呢？)

여자 : _____ （ 女子：_____ ）

必背單字！－場所與方向

1. 장소 場所

가게	商店	병원	醫院
경찰서	警察局	빵집	麵包店
공원	公園	사무실	辦公室
공장	工廠	사진관	照相館
공항	機場	서점	書店
관광지	觀光地	수영장	游泳池
교실	教室	시장	市場
극장	電影院	시청	市政府
기숙사	宿舍	식당	餐廳
기차역	火車站	약국	藥局
꽃집	花店	여행사	旅行社
노래방	KTV	영화관	電影院
놀이공원	遊樂園	우체국	郵局
대사관	大使館	운동장	運動場
대학교	大學	은행	銀行
도서관	圖書館	정류장	車站
동물원	動物園	주유소	加油站
레스토랑	餐廳	주차장	停車場
매표소	售票處	지하철역	地鐵站
문구점	文具店	집	家
미술관	美術館	체육관	體育館
미용실	美髮院	커피숍	咖啡廳
박물관	博物館	학교	學校
방송국	電視台	호텔	飯店
백화점	百貨公司	회사	公司

2. 한국의 유명한 장소 韓國的著名景點

남대문	南大門	서울	首爾
동대문	東大門	인천	仁川
남산	南山	부산	釜山
서울역	首爾站	대구	大邱
종로	鐘路	광주	光州
명동	明洞	울산	蔚山
강남	江南	제주도	濟州島

3. 방향 方向

이곳	這個地方	그곳	那個地方
저곳	那個地方	여기	這裡
거기	那裡	저기	那邊
여기저기	到處	앞	前面
뒤	後面	위	上面
아래 = 밑	下面	옆	旁邊
근처	附近	왼쪽	左邊
오른쪽	右邊	가운데	中間
건너편 = 맞은편	對面		

公式7

詢問是什麼的題型
〈什麼／哪一種／哪一個〉

2-10.mp3

다음을 듣고 물음에 맞는 대답을 고르십시오.

> 남자 : 무슨 책을 살 거예요?
>
> 여자 : _____

① 오늘 살 거예요.　　　　　② 오빠가 줄 거예요.

③ 요리책을 살 거예요.　　　④ 백화점에서 살 거예요.

公式

問題	무슨　　명사(조사)　　　동사?
	什麼　　名詞〈助詞〉　　動詞？
回答	명사(조사)　　　동사.
	名詞〈助詞〉　　動詞。
	명사와 동사를 연결하기　名詞 連接 動詞
	책 + 사다　書 + 買
	⇨ ○○ 책을 살 거예요. 我要買 ○○ 書。

答案

요리책을 살 거예요.

我要買一本食譜。

答案：③

語彙

책	사다	오늘	오빠	주다	요리책	백화점
書	買	今天	哥哥	給	食譜	百貨公司

다음을 듣고 물음에 맞는 대답을 고르십시오.

남자 : 무슨 책을 살 거예요?　你想要買什麼書呢?

질문 : 무슨　　　　명사(조사)　　　　동사?
　　　 什麼　　　名詞〈助詞〉　　　動詞 ?

여자 : _____

대답 : 명사(조사)　　　　동사.
　　　 名詞〈助詞〉　　　動詞。

① 오늘 살 거예요.　　　　我今天要買。
② 오빠가 줄 거예요.　　　哥哥會給我。
③ 요리책을 살 거예요.　　我要買食譜。
④ 백화점에서 살 거예요.　我要在百貨公司買。

Tip

이 유형은 '무엇'에 대한 대답을 찾는 문제입니다. 정답은 의문사 뒤에 오는 명사, 동사, 형용사기 결정합니다.

따라서 의문사 뒤에 어떤 명사, 동사, 형용사가 오는지 잘 듣고 메모해야 합니다.

這類題型是回答〝什麼〞的問題，正確答案取決於疑問詞後面的名詞、動詞和形容詞。因此，必須仔細聆聽與記下疑問詞後面的名詞、動詞與形容詞。

2-11.mp3

다음을 듣고 물음에 맞는 대답을 고르십시오.

① 우체국에서 보낼 거예요.　　　　② 편지를 보낼 거예요.

③ 선생님에게 보낼 거예요.　　　　④ 일요일에 보낼 거예요.

公式

問題	什麼〈助詞〉動詞？
回答	名詞〈助詞〉動詞。 名詞連接動詞 ⇨ 信件＋寄送

答案

편지를 보낼 거예요.

我要寄信。

答案：②

語彙

보내다	우체국	편지	선생님	일요일
寄送	郵局	信件	老師	星期日

聽力
短文

여자 : 무엇을 보낼 거예요? (女子：你要寄什麼呢？)

남자 : ＿＿＿＿＿＿＿＿＿＿＿　　(男子：＿＿＿＿＿＿＿＿＿＿＿)

2-12.mp3

다음을 듣고 물음에 맞는 대답을 고르십시오.

① 색깔이 예뻐요.　　　　　② 저기에 있어요.

③ 검정색으로 했어요.　　　④ 흰색이 예뻐요.

公式

問題	哪一種名詞〈助詞〉形容詞？
回答	名詞〈助詞〉形容詞。 名詞連接形容詞 ⇨ 顏色＋漂亮

答案

흰색이 예뻐요.

白色很漂亮。

答案：④

語彙

색깔	예쁘다	저기	있다	검정색	흰색
顏色	漂亮	那邊	有	黑色	白色

聽力短文

남자 : 어떤 색깔이 예뻐요? (男子：哪一種顏色漂亮呢？)

여자 : _____ （女子：　　　　　　　　　）

必背的題型！－ 什麼、哪一種、哪個 + 名詞的表現方式

1. 무슨 + 명사 什麼＋名詞

무엇인지 모르는 일이나 대상, 물건 등을 물을 때 사용한다.

'무슨' 不知道的事情、對象或物品等的時候使用。

(1) 무슨 책을 샀어요?	你買了什麼書呢？
→ 한국어 책을 샀어요.	我買了韓文書。
(2) 무슨 음악을 좋아해요?	你喜歡什麼音樂呢？
→ 한국 음악을 좋아해요.	我喜歡韓國音樂。

2. 어떤 + 명사 哪一種＋名詞

사람이나 사물의 특성, 내용, 상태, 성격이 무엇인지 물을 때 사용한다.

'어떤' 人物、事物特性、內容、狀態、個性時使用。

(1) 어떤 과일을 좋아해요?	你喜歡什麼水果？
→ 사과를 좋아해요.	我喜歡蘋果。
(2) 어떤 색깔을 드릴까요?	你要什麼顏色呢？
→ 하얀색을 주세요.	請給我白色。

3. 어느 + 명사 哪一個＋名詞

둘 이상의 것 가운데 대상이 무엇인지 물을 때 사용한다.

'어느' 從兩個以上的對象當中選擇一個時使用。

(1) 도서관은 어느 쪽입니까?	圖書館在哪邊呢？
→ 도서관은 왼쪽에 있어요.	圖書館在左邊。
(2) 어느 도시에 살아요?	你住在哪一個城市呢？
→ 대구에 살아요.	我住在大邱。

公式8　詢問方法的題型〈如何〉

🎧 2-13.mp3

다음을 듣고 물음에 맞는 대답을 고르십시오.

> 남자 : 서울역에 어떻게 가요?
> 여자 : _____

① 서울역에 있어요.　　　　② 누나가 와요.

③ 지하철을 타세요.　　　　④ 월요일에 가요.

公式

問題	명사(조사)	어떻게	동사?
	名詞〈助詞〉	如何	動詞？
回答	명사(조사)	동사.	
	名詞〈助詞〉	動詞。	
	명사와 동사를 연결하기　名詞連接動詞。		
	지하철 + 타다　地鐵＋搭乘。		
	⇨ 지하철을 타세요.　請搭乘地鐵。		

答案

지하철을 타세요.

請搭乘地鐵。

答案：③

語彙

서울역	가다	누나	오다	지하철	타다	월요일
首爾站	去	姊姊	來	地鐵	搭乘	星期一

다음을 듣고 물음에 맞는 대답을 고르십시오.

남자 : 서울역에 어떻게 가요?　首爾站要怎麼去呢？

질문 :　명사(조사)　　　어떻게　　동사?
　　　　　名詞〈助詞〉　　如何　　　助詞？

여자 : ＿＿＿＿＿＿＿＿＿＿＿＿＿＿＿

대답 :　명사(조사)　　　동사.
　　　　　名詞〈助詞〉　　動詞。

① 서울역에 있어요.　　在首爾站。
② 누나가 와요.　　　姊姊要來。
③ 지하철을 타세요.　　請搭乘地鐵。
④ 월요일에 가요.　　　星期一去。

Tip

이 유형은 '어떻게'에 대한 대답을 찾는 문제입니다. 정답은 수단이나 구체적 방법입니다. 수단이나 구체적 방법은 선택지에 등장한 '명사'와 '동사'를 연결해 보세요.

此一類型是回答〝如何〞的問題，正確答案是手段或具體方法，請把手段或具體方法與選項中的ˋ名詞ˋ和ˋ動詞ˋ相連結。

2-14.mp3

다음을 듣고 물음에 맞는 대답을 고르십시오.

① 두 시에 만나요.　　　　　　② 수업이 있어요.

③ 인터넷으로 신청해요.　　　　④ 입학을 해요.

公式

問題	名詞〈助詞〉如何　動詞？
回答	名詞〈助詞〉動詞。

答案

인터넷으로 신청해요.

使用網路申請。

答案：③

語彙

수업	신청하다	만나다	인터넷	입학하다
上課	申請	見面	網路	入學

聽力短文

여자 : 수업을 어떻게 신청해요? (女子：要怎麼申請上課呢？)

남자 : ＿＿＿＿＿＿＿＿＿＿＿　(男子：　　　　　　　　　)

2-15.mp3

다음을 듣고 물음에 맞는 대답을 고르십시오.

① 극장에서 만나요.　　　　② 우체국에서 보내요.

③ 두 시에 받아요.　　　　　④ 직원이 받아요.

公 式

問題	名詞〈助詞〉如何　動詞？
回答	名詞〈助詞〉動詞。

答 案

우체국에서 보내요.

在郵局寄送。

答案：②

語 彙

택배	보내다	극장	만나다	우체국	받다	직원
宅配	寄送	電影院	見面	郵局	領取	職員

聽 力
短 文

남자 : 택배를 어떻게 보내요? (男子：要如何寄送宅配呢？)

여자 : ＿＿＿＿＿＿＿＿＿＿＿　(女子：＿＿＿＿＿＿＿＿＿＿＿)

詢問理由或原因的題型〈為什麼〉

2-16.mp3

다음을 듣고 물음에 맞는 대답을 고르십시오.

남자 : 왜 병원에 가요?
여자 : _____

① 공원 근처에 있어요.　　② 오빠와 병원에 가요.
③ 배가 너무 아파요.　　④ 두 시에 가요.

公式

問題	왜	명사(조사)	동사/형용사?
	為什麼	名詞〈助詞〉	動詞／形容詞？
回答	명사(조사)	부사	동사/형용사.
	名詞〈助詞〉	副詞	動詞／形容詞。

答案

배가 너무 아파요.

我的肚子好痛。

答案：③

語彙

병원	가다	공원	근처	오빠	배	너무	아프다
醫院	去	公園	附近	哥哥	肚子	太	痛

다음을 듣고 물음에 맞는 대답을 고르십시오.

남자 : 왜 병원에 가요? 你為什麼去醫院呢?

질문 :	왜	명사(조사)	동사/형용사?
	為什麼	名詞〈助詞〉	助詞 / 形容詞?

여자 : _____

대답 :	명사(조사)	부사	동사/형용사.
	名詞〈助詞〉	副詞	動詞 / 形容詞。

① 공원 근처에 있어요.　　在公園附近。

② 오빠와 병원에 가요.　　和哥哥去醫院。

③ 배가 너무 아파요.　　肚子好痛。

④ 두 시에 가요.　　兩點去。

Tip

이 유형은 '왜'에 대한 대답을 찾는 문제입니다. 정답은 '이유'를 설명한 문장입니다.

此一類型是回答〝為什麼〞的問題,正確答案是說明〝理由〞的句子。

🎧 2-17.mp3

다음을 듣고 물음에 맞는 대답을 고르십시오.

① 김치는 너무 맛있어요.　　　② 시장에서 샀어요.

③ 오늘 만들었어요.　　　　　④ 내가 샀어요.

公式

問題	為什麼　名詞〈助詞〉　動詞／形容詞？
回答	名詞〈助詞〉副詞　動詞／形容詞。

答案

김치는 너무 맛있어요.

泡菜很好吃。

答案：①

語彙

김치	좋다	맛있다	시장	사다	오늘	만들다
泡菜	喜歡	好吃	市場	買	今天	製作

聽力短文

여자 : 왜 김치가 좋아요? (女子：你為什麼喜歡泡菜呢？)

남자 : ＿＿＿＿＿＿＿＿＿＿＿＿ (男子：　　　　　　　　　　)

 2-18.mp3

다음을 듣고 물음에 맞는 대답을 고르십시오.

① 늦잠을 잤어요.　　　　　② 저녁에 늦어요.

③ 노래방에 가요.　　　　　④ 선생님과 만나요.

公 式

問題	為什麼　名詞〈助詞〉動詞？
回答	名詞〈助詞〉動詞。

答 案

늦잠을 잤어요.

我睡過頭了。

答案：①

語 彙

수업	늦다	늦잠	자다	저녁	노래방	선생님
上課	遲到	懶覺	睡覺	晚上	KTV	老師

聽力 短文

여자 : 왜 수업에 늦었어요? (女子：為什麼你上課會遲到呢？)

남자 : ＿＿＿＿＿＿＿＿＿　(男子：＿＿＿＿＿＿＿＿＿)

🎧 2-19.mp3

다음을 듣고 물음에 맞는 대답을 고르십시오.

> 남자 : 여기에서 시청까지 얼마나 걸려요?
>
> 여자 : _____

① 시청이 있어요.　　　　　　　② 시청 옆에 있어요.

③ 한 시간 걸려요.　　　　　　　④ 오천 원이에요.

公式

問題	명사(조사)	얼마나	동사?	
	名詞〈助詞〉	多少	動詞？	
回答	숫자	명사	동사.	
	數字	名詞	動詞。	

答案

한 시간 걸려요.

需要一個小時。

答案：③

語彙

여기	에서	시청	까지	걸리다	있다	옆
這邊	在〜	市政府	〜為止	花費	在	旁邊

套用公式

다음을 듣고 물음에 맞는 대답을 고르십시오.

남자 : 여기에서 시청까지 얼마나 걸려요? 從這裡到市政府需要多久的時間？

질문 : 명사(조사)　　얼마나　　동사?
　　　　名詞〈助詞〉　　多少　　　動詞？

여자 : _____

대답 : 숫자　　명사　　동사.
　　　　數字　　名詞　　動詞。

① 시청이 있어요.　　在政府。
② 시청 옆에 있어요.　　在市政府旁邊。
③ 한 시간 걸려요.　　花費一小時。
④ 오천 원이에요.　　是五千元。

Tip

이 유형은 '수량 또는 정도'에 대한 대답을 찾는 문제입니다. 정답은 숫자가 포함된 문장 또는 수량이나 정도를 막연하게 표현한 문장입니다.

此題型是回答〝數量或程度〞的問題，正確答案是包含數字的句子或大約表現數量或程度的句子。

2-20.mp3

다음을 듣고 물음에 맞는 대답을 고르십시오.

① 공장에 있어요.　　　　　　② 내일 만들어요.

③ 친구에게 선물해요.　　　　　④ 만 원이에요.

公式

問題	名詞〈助詞〉多少呢？
回答	是（數字名詞）。

答案

만 원이에요.

是一萬元。

答案：④

語彙

우산	공장	있다	내일	만들다	친구	선물하다
雨傘	工廠	在	明天	製作	朋友	送禮

聽力短文

여자 : 우산이 얼마예요? (女子：雨傘多少錢呢？)

남자 : _____　(男子：　　　　　　　　)

2-21.mp3

다음을 듣고 물음에 맞는 대답을 고르십시오.

① 십만 원이 필요해요.

② 오늘 필요해요.

③ 현금을 받아요.

④ 은행원이 받아요.

公 式

問題	名詞〈助詞〉多少 動詞？
回答	數字 名詞〈助詞〉動詞。

答 案

십만 원이 필요해요.

需要十萬元。

答案：①

語 彙

현금	얼마나	필요하다	오늘	받다	은행원
現金	多少	需要	今天	領取	銀行員

聽力短文

남자 : 현금이 얼마나 필요해요? (男子：需要多少現金呢？)

여자 : _____ （女子：_____ ）

2-22.mp3

다음을 듣고 물음에 맞는 대답을 고르십시오.

> 남자 : 학교생활은 어때요?
>
> 여자 : _____

① 선생님을 만나요.　　　　　② 수업이 재미있어요.

③ 만나서 기뻐요.　　　　　　④ 도서관에서 공부해요.

公式

問題	명사(조사)	어때요?	
	名詞〈助詞〉	如何呢？	
回答	명사(조사)	부사	동사/형용사.
	名詞〈助詞〉	副詞	動詞 / 形容詞。

答案

수업이 재미있어요.

上課很有趣。

答案：②

語彙

학교생활	수업	재미있다	만나다	기쁘다	도서관	공부하다
學校生活	上課	有趣	見面	高興	圖書館	讀書

套用公式

다음을 듣고 물음에 맞는 대답을 고르십시오.

남자 : 학교생활은 어때요?　學校生活如何呢？

> 질문 : 명사(조사)　　　어때요?
> 　　　　名詞〈助詞〉　　如何？

여자 : ＿＿＿＿＿＿＿＿＿＿＿＿＿＿＿

> 대답 : 명사(조사)　　　부사　　　동사/형용사.
> 　　　　名詞〈助詞〉　　副詞　　　動詞 / 形容詞。

① 선생님을 만나요.　　去見老師。
② 수업이 재미있어요.　上課很有趣。
③ 만나서 기뻐요.　　　很高興見到你。
④ 도서관에서 공부해요.　在圖書館讀書。

連接與名詞合適的動詞或形容詞
上課〈名詞〉+ 有趣〈形容詞〉⇨ 上課很有趣。

Tip

이 유형은 '어때(요)'에 대한 대답을 찾는 문제입니다.
명사에 대한 생각이나 느낌을 묻는 문제이므로 명사와 어울리는 형용사 또는 동사가 정답입니다.

這種題型是回答〝如何〞的問題，由於是詢問對於名詞的想法與感覺，因此和名詞搭配的形容詞或動詞是正確答案。

2-23.mp3

다음을 듣고 물음에 맞는 대답을 고르십시오.

① 우산이 있어요.　　　　② 비가 많이 내려요.

③ 기분이 좋아요.　　　　④ 우산이 좋아요.

公 式

問題	這個名詞〈助詞〉如何呢？
回答	名詞〈助詞〉 副詞　動詞／形容詞。

答 案

비가 많이 내려요.

下大雨。

答案：②

語 彙

날씨	우산	있다	비	많이	내리다	기분	좋다
天氣	雨傘	有	雨	多	降下	心情	好

聽力短文

여자 : 날씨가 어때요? (女子：天氣怎麼樣呢？)

남자 : ＿＿＿＿＿＿＿＿＿＿ (男子：＿＿＿＿＿＿＿＿＿＿)

2-24.mp3

다음을 듣고 물음에 맞는 대답을 고르십시오.

① 식탁에 있어요.　　　　　　　　② 아내가 만들었어요.

③ 불고기가 아주 맛있어요.　　　　④ 아주 맛있을 거예요.

公式

問題	名詞〈助詞〉如何呢？
回答	名詞〈助詞〉副詞　動詞／形容詞。

答案

불고기가 아주 맛있어요.

烤牛肉非常好吃。

答案：③

語彙

불고기	식탁	아내	아주	만들다	맛있다
烤牛肉	餐桌	妻子	非常	製造	美味

聽力短文

남자 : 불고기가 어때요?（男子：烤牛肉怎麼樣呢？）

여자 : ＿＿＿＿＿＿＿＿＿＿　（女子：＿＿＿＿＿＿＿＿＿＿）

必背單字！- 副詞

1. 시간 時間 — 언제 何時

계속	繼續	빨리	快點
곧	馬上	아직	還沒
금방	立即	오래	很久
막	剛剛	우선	首先
먼저	首先	이따가	待會
미리	預先	일찍	提前
벌써	已經	천천히	慢慢地

2. 장소 場所 / 방향 方向 — 어디 哪裡

멀리	遠遠地

3. 방법 方法 / 정도 程度 — 어떻게 如何

가끔	偶爾	무척	極度
가장	最	아주	非常
거의	幾乎	약간	有點
너무	太	완전히	完全地
다	全部	자주	經常
대부분	大部分	주로	主要
많이	多	특히	特別
모두	全部	항상	總是

4. 상태 狀況 — 어떻게 如何

같이 = 함께	一起	잘	很好地
매우	相當	조용히	安靜地
바로	就是		

5. 부정 否定

못	不 + α	없이	沒有
안	不	전혀	完全
아니	不		

題型 3 選擇符合情況的回答

'상황에 맞는 대답 고르기' 유형은 구체적인 상황에서 자주 사용하는 표현을 찾는 문제입니다.

「選擇符合情況的回答」是在具體的情況下找出常用用語的題型。

解題技巧

1. 대화를 듣기 전에 선택지를 읽으세요.
   선택지를 보고 듣기 상황을 예측하세요.

2. 짧은 문장이므로 잘 들어야 합니다.
   대화에 사용된 표현을 메모하세요.

3. 네 개의 선택지에서 하나의 정답을 선택하세요.

   (1) 다양한 상황(인사, 부탁, 전화, 축하, 감사, 칭찬, 사과)에 해당하는 대답을 확인하세요.

   (2) '네' 또는 '아니요'로 대답할 수 있습니다.

---

1. 在聆聽對話前請先閱讀選項，看過選項後請試著推測情況。

2. 由於是短句，必須仔細聽清楚。
   請筆記一下對話中使用的用語。

3. 在四個選項中選出一個正確的答案。

   (1) 請確認符合各種情況的答案，包含打招呼、委託、打電話、祝賀、稱讚、道歉。

   (2) 可使用「是／否」回答。

🎧 3-01.mp3

다음을 듣고 물음에 맞는 대답을 고르십시오.

남자 : 그동안 잘 지냈어요?
여자 : _____

① 네, 잘 지냈어요.
② 다음에 또 오세요.
③ 잘 먹겠습니다.
④ 처음 뵙겠습니다.

公 式

問題	안부를 묻는 인사 : 잘 지냈어요? [높임] / 잘 지냈어? [반말] 問候：你過得好嗎？
回答	네, 잘 지냈어요. [높임] / 응, 잘 지냈어. [반말] 是，我過得很好。

答 案

네, 잘 지냈어요.
是，我過得很好。

答案：①

語 彙

잘 지내다	다음	또	오다	먹다	처음	보다
過得很好	之後	又	來	吃	初次	看

다음을 듣고 물음에 맞는 대답을 고르십시오.

> 남자 : 그동안 잘 지냈어요?　這段期間妳過得好嗎？
>
> > **상황** : 안부를 묻는 인사
> > 잘 지냈어요? [높임] ／ 잘 지냈어? [반말]
> > 問候：你過得好嗎？
>
> 여자 : ＿＿＿＿＿＿＿＿＿＿＿＿＿＿＿＿＿
>
> > **대답** : 네, 잘 지냈어요. [높임] ／ 응, 잘 지냈어. [반말]
> > 是，我過得很好。

① 네, 잘 지냈어요.　　是，我過得很好。
② 다음에 또 오세요.　下次再來吧。
③ 잘 먹겠습니다.　　　我要開動了。
④ 처음 뵙겠습니다.　　初次見面。

Tip

이 유형은 '인사'를 묻는 문제입니다. 69쪽에 있는 적절한 인사 표현을 참고하세요.

這是「問候」的題型，請參考 69 頁中適當的問候語。

🎧 3-02.mp3

다음을 듣고 물음에 맞는 대답을 고르십시오.

① 안녕하세요.　　　　　　② 네, 고맙습니다.

③ 먼저 갈게요.　　　　　　④ 오랜만이에요.

公 式

問題	問候去旅行的人 → 一路順風。
回答	謝謝。

答 案

네, 고맙습니다.

是，謝謝。

答案：②

語 彙

한국	다녀오다	가다	고맙다	먼저	오랜만
韓國	去去就回	去	謝謝	先	久違的

聽力短文

여자 : 한국에 잘 다녀오세요.（女子：韓國之旅一路順風。）

남자 : ＿＿＿＿＿＿＿＿＿＿＿　（男子：＿＿＿＿＿＿＿＿＿＿＿＿）

練習題 2

🎧 3-03.mp3

다음을 듣고 물음에 맞는 대답을 고르십시오.

① 안녕히 계세요.　　　　② 다시 오겠습니다.

③ 네, 반갑습니다.　　　　④ 어서 오세요.

公 式

問題	初次見面時打招呼 →很高興〈見到你〉。
回答	〈是〉，很高興見到你。

答 案

네, 반갑습니다.

是，見到你很高興。

答案：③

語 彙

만나다	반갑다	다시	오다	어서
見面	高興	再	來	趕快

聽 力 短 文

남자 : 만나서 반갑습니다. (男子 : 很高興見到妳。)

여자 : _____ （女子 : _____)

必背！－問候語

1. 처음 만났을 때 初次見面時

처음 뵙겠습니다.	처음 뵙겠습니다.	안녕하세요.	(네,) 안녕하세요.
初次見面。	初次見面。	你好。	〈是〉你好。

(만나서) 반갑습니다.	(네,) 반갑습니다. / 반가워요.
(만나서) 반가워요.	(네,) 반가워요.
很高興見到你。	〈是〉很高興見到你。

2. 누군가를 처음 만나서 부탁할 때 初次見到某人請求照應時

잘 부탁합니다.	請多多指教。

3. 오랜만에 만났을 때 睽違已久見面時

오랜만이에요.	오랜만이에요.
오랜만입니다.	오랜만입니다.
好久不見。	好久不見。

4. 안부를 물을 때 問候時

잘 지냈어요?	(네,) 잘 지냈어요. / 요즘 바빴어요.
你過得好嗎？	〈是〉我過得很好。/ 我最近很忙。

5. 식사를 할 때 用餐時

맛있게 드세요.	잘 먹겠습니다.
맛있게 드십시오.	잘 먹겠습니다.
請慢用。	我要開動了。

6. 여행을 갈 때 旅行時

저 여행가요.	잘 다녀오세요. / 잘 다녀오십시오.	잘 다녀오세요. / 잘 다녀오십시오.	고마워요. / 고맙습니다.
我要去旅行。	一路順風！	一路順風！	謝謝。

7. 헤어질 때 分開時

안녕히 가세요. 안녕히 계세요. 안녕히 계십시오.	안녕히 계세요. 안녕히 가세요. 안녕히 가십시오.	저 먼저 갈게요.	네, 잘 가요.
再見。	再見。	我先走。	好，再見。

8. 가게에서 대화할 때 在店裡交談時

(1) 직원 職員

어서 오세요.	歡迎光臨。
안녕히 가세요.	再見。
다음에 또 오세요.	下次再來。

(2) 손님 客人

(다음에) 다시 올게요. (다음에) 다시 오겠습니다.	我〈下次〉會再來。

9. 저녁 인사를 할 때 晚上打招呼時

안녕히 주무세요.	안녕히 주무세요. / 잘 자요.
晚安。	晚安。

🎧 3-04.mp3

다음을 듣고 물음에 맞는 대답을 고르십시오.

> 남자 : 실례합니다. 김민수 씨 있어요? 잠깐 만나러 왔는데요.
>
> 여자 : _____

① 네, 알겠습니다.　　　　　② 아니요, 다음에 다시 오겠습니다.

③ 아니요, 괜찮아요.　　　　④ 네, 들어오세요.

公式

問題	1. 사람을 찾는 표현 : ○○ 씨 있어요?
	○○ 在嗎？
	2. 정중한 부탁 : ～(아/어/여) 주세요.
	鄭重拜託他人時使用的敬語表達方式。
回答	1. 네, 들어오세요. / 잠시만 기다려 주세요.
	是，請進。/ 請等一下。
	2. 지금 없는데요. / 지금 안 계시는데요.
	他現在不在。

네, 들어오세요.

是,請進。

答案:④

실례하다	잠깐	만나다	오다	알다	다음
失禮	暫時	見面	來	知道	下一個

다시	괜찮다	들어오다
再次	沒關係	進來

다음을 듣고 물음에 맞는 대답을 고르십시오.

> 남자 : 실례합니다. 김민수 씨 있어요? 잠깐만나러 왔는데요.
> 不好意思，請問金民秀先生在嗎？我是來找他的。

> **상황** : 1. 사람을 찾는 표현 : OO 씨 있어요?
> ○○在嗎？
>
> 2. 정중한 부탁 : ~(아/어/여) 주세요.
> 鄭重拜託他人時使用的敬語表達方式。

> 여자 : _____

> **대답** : 1. 네, 들어오세요. / 잠시만 기다려 주세요.
> 是，請進。 / 請等一下。
>
> 2. 지금 없는데요. / 지금 안 계시는데요.
> 他現在不在。

① 네, 알겠습니다.   是，我知道了。
② 아니요, 다음에 다시 오겠습니다.   不，我下次再來。
③ 아니요, 괜찮아요.   不，沒關係。
④ 네, 들어오세요.   是，請進。

Tip

이 유형은 주로 사람, 물건, 장소를 찾는 표현이 자주 시험에 나옵니다.
사람을 찾을 때는 전화에서 묻는지 방문해서 묻는지 구별하세요. 76쪽을 참고하세요.

此題型經常出現在尋找人物、物品、場所等對話。
找人時請分辨清楚是打電話詢問還是親自拜訪。請參考第 76 頁。

練習題 1

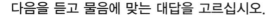 3-05.mp3

다음을 듣고 물음에 맞는 대답을 고르십시오.

① 네, 다시 걸겠습니다.　　　　② 네, 전데요.

③ 지금 안 계시는데요.　　　　④ 네, 알겠습니다.

公 式

問題	요청 : ~(아/어/여) 주세요. 要求：請～ 말씀 좀 전해 주세요. 請幫我傳話。
回答	요청을 수락할 때 : 네, 알겠습니다. 同意要求時：是，我知道了。

答 案

네, 알겠습니다.
是，我知道了。

答案：④

語 彙

말씀	전하다	다시	걸다	지금	계시다	알다
說話	轉達	再次	走路	現在	在	知道

聽力 短文

여자 : (전화 목소리) 민수 씨에게 말씀 좀 전해 주세요.

（女子 :〈電話聲〉請幫我轉達民秀。）

남자 : ＿＿＿＿＿＿＿＿＿　（男子 : ＿＿＿＿＿＿＿＿＿　）

🎧 3-06.mp3

다음을 듣고 물음에 맞는 대답을 고르십시오.

① 무슨 일이세요?   ② 네, 저예요.

③ 네, 잠시만 기다려주세요.   ④ 부탁이 있는데요.

公式

問題	요청 : ～(아/어/여) 주세요.
	要求：請～
	하나 더 주세요.
	請再給我一個。
回答	요청을 수락할 때 : 네, 잠시만 기다려주세요.
	同意要求時：是，請稍等。

答案

네, 잠시만 기다려주세요.

是，請稍等。

答案：③

語彙

저기	냉면	주다	무슨	일	잠시	기다리다	부탁
那邊	冷麵	給	什麼	事情	暫時	稍等	拜託

聽力短文

남자 : (식당에서) 저기요, 냉면 하나 더 주세요.

（男子：〈在餐廳〉請再給我一碗冷麵）

여자 : ＿＿＿＿＿＿＿＿＿＿＿＿ （女子：＿＿＿＿＿＿＿＿＿＿＿＿）

必背！－尋找人、要求或拜託的表達方式

1. (전화에서) 사람을 찾는 표현 找人的表達方式

OO 씨 있어요?	
OO 씨 계세요?	OO 在嗎？
OO 씨 입니까?	

(1) 찾는 사람이 전화를 받은 사람인 경우 接電話者就是要找的人時

→ 네, 전데요.	
→ 네, 저예요.	是，我是。

(2) 찾는 사람이 다른 사람인 경우 要找的是其他人時

→ 네, 잠시만 기다리세요.	請稍等。
→ 네, 알겠습니다.	是，我知道了。
→ 네, 부탁합니다.	是，拜託了。

(3) 찾는 사람이 없는 경우 要找的人不在時

→ 지금 없는데요.	
→ 지금 안 계시는데요.	她 / 他現在不在。
→ 지금 안 계세요.	

OO 씨 지금 안 계시는데요.	先生 / 女士 OO 目前不在。
→ 네, 다음에 다시 걸겠습니다.	好吧，我會再打過來。
→ 네, 다시 연락드리겠습니다.	
→ 네, 말씀 좀 전해주시겠습니까?	好，可以幫我傳話給他嗎？

말씀 좀 전해주시겠습니까?	可以幫我傳話給他嗎？
→ 네, 알겠습니다.	好，我知道了。

2. 전화를 건 사람을 확인할 때 確認打電話者時

실례지만 누구세요?	
실례지만 누구십니까?	請問你是哪位？
실례지만 누구세요?	

3. 전화한 이유를 물어볼 때 詢問打電話的理由時

무슨 일이세요?	
무슨 일로 찾으세요?	請問有什麼事？

4. 전화가 잘못 걸렸을 때 打錯電話時

전화가 잘못 걸렸습니다.	你打錯電話了。
→ 죄송합니다.	對不起。

5. (방문해서) 사람을 찾는 표현 〈登門拜訪〉找人時的表達方式

OO 씨 있어요?	OO 在嗎？
OO 씨 계세요?	
→ 네, 들어오세요.	是，請進。
→ 네, 잠시만 기다려 주세요.	是，請等一下。
→ 지금 없는데요.	
→ 지금 안 계시는데요.	她 / 他目前不在。
→ 지금 안 계세요.	
지금 자리에 안 계시는데요.	他目前不在。
→ 네, 다음에 다시 오겠습니다.	我下次再來。
→ 말씀 좀 전해 주시겠습니까?	好，可以幫我傳話給他嗎？
말씀 좀 전해 주시겠습니까?	好，可以幫我傳話給他嗎？
→ 네, 알겠습니다.	好，我知道了。

6. 부탁하는 표현 拜託的表達方式

(1) ～(아/어/여) 주세요. : 누군가에게 공손하게 어떤 것을 요구할 때 사용합니다
用於問某人或做某事的敬語表達。

→ 네, 알겠습니다.	好，我知道了。
→ 네, 잠시만 기다려 주세요.	是，請等一下。
잠시만 기다려 주세요.	請等一下。
→ 네, 알겠습니다.	好，我知道了。
→ 네, 감사합니다.	好，謝謝。
→ 네, 고맙습니다.	

(2) 사람 人

부탁이 있는데요.	我想請你幫我一個忙。
부탁 좀 할게요.	
부탁 좀 들어주시겠어요?	可以幫我一個忙嗎？
→ 네, 말씀하세요.	好，請說。

公式14 於電話中詢問場所時的題型

🎧 3-07.mp3

다음을 듣고 물음에 맞는 대답을 고르십시오.

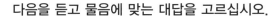

> 남자 : 거기 한국은행이지요?
>
> 여자 : ＿＿＿＿＿＿＿＿＿＿＿＿＿＿＿＿＿＿＿

① 네, 알겠습니다.　　　　　　② 아니요, 다음에 다시 오겠습니다.

③ 아니요, 괜찮아요.　　　　　④ 네, 들어오세요.

公式

問題	장소를 확인하는 표현 : '장소명사'이지요(입니까/인가요/이에요)? 這是（場所名詞）嗎？
回答	1. 긍정 ▶ 네, '장소명사'입니다. 　　　　　네, 그렇습니다. 　　　　　是，這是（場所名詞）。 2. 부정 ▶ 아니요, '장소명사'(이/가) 아닙니다. 　　　　　아니요, 전화가 잘못 걸렸습니다. 　　　　　不，這不是（場所名詞）。 　　　　　不，你打錯了。

答案

네, 한국은행입니다.

是，這裡是韓國銀行。

答案：④

語彙

거기	한국은행	없다	가다	있다
那邊	韓國銀行	沒有	去	有

套用公式

다음을 듣고 물음에 맞는 대답을 고르십시오.

남자 : 거기 한국은행이지요?　那裡是韓國銀行嗎？

질문 : '장소명사'이지요(입니까/인가요/이에요)?
　　　 這是（場所名詞）嗎？

여자 : _____

대답 : 1. 긍정 ▶ 네, 한국은행입니다.
　　　　　　　　是，這裡是韓國銀行。

　　　　2. 부정 ▶ 아니요, 한국은행이 아닙니다.
　　　　　　　　不是，這裡不是韓國銀行。

　　　　　　　▶ 아니요, 전화가 잘못 걸렸습니다.
　　　　　　　　不是，你打錯了。

① 네, 한국은행이 없습니다.　　是，沒有韓國銀行。
② 아니요, 한국은행에 갑니다.　　不，我要去韓國銀行。
③ 아니요, 한국은행에 있습니다.　　不，在韓國銀行。
④ 네, 한국은행입니다.　　對，是韓國銀行。

Tip

이 유형은 전화에서 장소를 확인하는 문제입니다. 대답은 긍정 또는 부정으로 하거나 전화에서 일상적으로 사용하는 표현입니다. 76쪽을 참고하세요.

這是透過電話確認場所的題型，答案是肯定或否定。回答日常生活中打電話時的常用句子，請參考 76 頁。

3-08.mp3

다음을 듣고 물음에 맞는 대답을 고르십시오.

① 여기 있어요.

② 다음에 만나요.

③ 네, 알겠습니다.

④ 아니요, 전화가 잘못 걸렸습니다.

公式

問題	這是（場所名詞）嗎？
回答	是，沒錯。 不，不是（場所名詞）。 不是，你打錯電話了。

答案

아니요, 전화가 잘못 걸렸습니다.

不是，你打錯電話了。

答案：④

語彙

집	여기	다음	만나다	전화	잘못	걸리다
家	這邊	下一個	見面	電話	錯誤	打

聽力短文

여자 : 거기 민수 씨 집인가요? （女子：那邊是民秀家嗎？）

남자 : _____ （男子：_____）

다음을 듣고 물음에 맞는 대답을 고르십시오.

① 네, 서울 호텔에 있어요.　　　　② 아니요, 서울 호텔에 왔어요.

③ 네, 서울 호텔입니다.　　　　　④ 아니요, 서울 호텔에 갑니다.

公式

問題	是（場所名詞）嗎？
回答	是，沒錯。 不，不是（場所名詞）。 不，你打錯電話了。

答案

네, 서울 호텔입니다.

是，是首爾飯店。

答案：③

語彙

서울	호텔	오다	가다
首爾	飯店	來	去

聽力短文

남자 : 여보세요, 서울 호텔입니까? (男子：喂，請問是首爾飯店嗎？)

여자 : _____ (女子：_____)

公式15　詢問稱讚、祝賀或感謝時的題型

🎧 3-10.mp3

다음을 듣고 물음에 맞는 대답을 고르십시오.

남자 : 생일 축하합니다.
여자 : ＿＿＿＿＿＿＿＿＿＿＿＿＿＿＿＿＿＿＿＿＿＿

① 실례합니다.　　　　　　② 덕분입니다.
③ 잘했습니다.　　　　　　④ 고맙습니다.

公式

1. 情況	생일, 입학, 졸업 등 生日、入學、畢業等。
2. 表現	축하해. / 축하합니다. / 축하드립니다. 恭喜！
3. 回答	고마워. / 고맙습니다. / 감사합니다. 謝謝。

答案

고맙습니다.

謝謝。

答案：④

語彙

생일	축하하다	실례하다	덕분	잘하다	고맙다
生日	恭喜	失禮	多虧	做得好	謝謝

다음을 듣고 물음에 맞는 대답을 고르십시오.

남자 : 생일 축하합니다.　生日快樂。

1. **상황** : 생일, 입학, 졸업 등
　　　　　 生日、入學、畢業等。

2. **표현** : 축하해. / 축하합니다. / 축하드립니다.
　　　　　 恭喜！

여자 : ＿＿＿＿＿＿＿＿＿＿＿＿＿＿＿＿

3. **대답** : 고마워. / 고맙습니다. / 감사합니다.
　　　　　 恭喜！

① 실례합니다.　失禮了。
② 덕분입니다.　多虧你的福。
③ 잘했습니다.　你表現得很好。
④ 고맙습니다.　謝謝。

3-11.mp3

다음을 듣고 물음에 맞는 대답을 고르십시오.

① 천만에요.　　　　　　② 오랜만입니다.

③ 축하합니다.　　　　　　④ 환영합니다.

公式

1. 情況	生日、入學、畢業等。
2. 表現	恭喜！
3. 回答	謝謝。

答案

축하합니다.

恭喜！

答案：③

語彙

오늘	생일	오랜만	축하하다	환영하다
今天	生日	久違的	恭喜	歡迎

聽力短文

여자 : 오늘은 제 생일이에요.（女子：今天是我的生日。）

남자 : ＿＿＿＿＿＿＿＿＿　（男子：＿＿＿＿＿＿＿＿＿）

🎧 3-12.mp3

다음을 듣고 물음에 맞는 대답을 고르십시오.

① 괜찮습니다.   ② 그렇습니다.

③ 맞습니다.   ④ 감사합니다.

公 式

1. 情況	生日、入學、畢業等。
2. 表現	恭喜！
3. 回答	謝謝。

答 案

감사합니다.

謝謝。

答案：④

語 彙

합격	축하하다	괜찮다	그렇다	맞다	감사하다
合格	恭喜	還可以	沒錯	對	謝謝

聽力 短文

남자 : 합격을 축하합니다. （男子：恭喜妳合格了。）

여자 : ＿＿＿＿＿＿＿＿＿＿ （女子：＿＿＿＿＿＿＿＿＿＿）

3-13.mp3

다음을 듣고 물음에 맞는 대답을 고르십시오.

> 남자 : 정말 죄송합니다.
> 여자 : _____

① 괜찮아요.　　　　　　　　　② 죄송해요.
③ 고마워요.　　　　　　　　　④ 미안합니다.

公式

1. 情況	미안 또는 사과. 抱歉或道歉。
2. 表現	미안해. / 미안해요. / 미안합니다. 죄송해요. / 죄송합니다. / 사과드려요. / 사과드립니다. 對不起。
3. 回答	괜찮아요. / 괜찮습니다. 沒關係。

答案

괜찮아요.

沒關係。

答案：①

語彙

죄송하다	괜찮다	고맙다	미안하다
抱歉	沒關係	謝謝	對不起

套用公式

다음을 듣고 물음에 맞는 대답을 고르십시오.

남자 : 정말 죄송합니다.　真的很抱歉。

> **상황 :** 미안해. / 미안해요. / 미안합니다.
> 我真的很抱歉。
>
> **죄송해요. / 죄송합니다. / 사과드려요. / 사과드립니다.**
> 對不起.

여자 : _____

> **대답 :** 괜찮아요. / 괜찮습니다.
> 沒關係。

① 괜찮아요.　　沒關係。

② 죄송해요.　　抱歉。

③ 고마워요.　　謝謝。

④ 미안합니다.　對不起。

Tip

이 유형은 미안함을 표현하거나 사과를 해야 하는 상황에 대한 일상적인 대답을 묻는 문제입니다. 자주 사용하는 표현을 암기하세요. 91쪽을 참고하세요.

此一類型是日常生活中表達抱歉或道歉時的對答，請記住常用的表達方法，並且參考 91 頁。

🎧 3-14.mp3

다음을 듣고 물음에 맞는 대답을 고르십시오.

① 미안해요.　　　　　　　② 사과드려요.

③ 괜찮아요.　　　　　　　④ 죄송해요.

公式

1. 情況	抱歉或道歉。
2. 表現	對不起。 抱歉 / 道歉。
3. 回答	沒關係。

答案

괜찮아요.

沒關係。

答案：③

語彙

기다리다	죄송하다	미안하다	사과하다	괜찮다
等待	抱歉	對不起	道歉	沒關係

聽力短文

여자 : 기다리게 해서 죄송합니다. （女子：讓你等我真是抱歉。）

남자 : ＿＿＿＿＿＿＿＿＿（男子：＿＿＿＿＿＿＿＿＿）

🎧 3-15.mp3

다음을 듣고 물음에 맞는 대답을 고르십시오.

① 사과드립니다.　　　　　　② 괜찮습니다.

③ 죄송합니다.　　　　　　　④ 미안합니다.

公式

1. 情況	抱歉或道歉。
2. 表現	對不起。 抱歉 / 道歉。
3. 回答	沒關係。

答案

괜찮습니다.

沒關係。

答案：②

語彙

실수하다	사과하다	괜찮다	죄송하다	미안하다
失誤	道歉	沒關係	抱歉	對不起

聽力短文

남자 : 제가 실수를 했습니다. (男子 : 我做錯了。)

여자 : ＿＿＿＿＿＿＿＿＿＿＿＿ （女子 : ＿＿＿＿＿＿＿＿＿＿＿＿）

必背！－表達道歉與回答

1. 사과를 할 때 道歉時

미안해요.	對不起。
미안합니다.	
정말 미안합니다.	真的很對不起。
죄송해요.	我很抱歉。
죄송합니다.	
정말 죄송합니다.	我非常抱歉。
대단히 죄송합니다.	
사과드려요.	我向你道歉。
사과드립니다.	
제가 실수를 했습니다.	我犯了一個錯誤。
제가 이해를 잘못했습니다.	我搞錯了。

2. 사과를 받아줄 때 接受道歉時

괜찮아요.	沒關係。
괜찮습니다.	

選擇場所

'장소를 고르는 유형'입니다. 두 사람의 대화를 듣고 대화의 장소를 고르는 문제입니다.

這是「選擇場所」的題型，聆聽兩人的對話內容後選擇對話場所。

解題
技巧

1. 대화를 듣기 전에 선택지를 모두 읽으세요.

2. 짧은 대화이므로 잘 들어야 합니다.

   (1) 특정한 장소와 관계있는 단어와 표현에 집중하세요.

   (2) 대화에서 사용된 장소와 관계있는 단어를 메모하세요.

3. 선택지에서 정답을 선택하세요.

---

1. 聆聽對話前請先仔細閱讀選項。

2. 由於對話很短，必須仔細聆聽。

   (1) 注意與特定場所相關的單字與表達方式。

   (2) 請記下對話中和場所相關的單字。

3. 在選項中找出正確答案。

選擇交談場所的題型

 4-01.mp3

여기는 어디입니까? 알맞은 것을 고르십시오.

> 남자 : 바지를 좀 줄여 주세요.
>
> 여자 : 언제 찾아가실 거예요?

① 옷 가게　　　② 세탁소　　　③ 미용실　　　④ 신발 가게

公式

1. 단어들의 관계를 확인하세요.

   請確認詞語之間的關係。

남자 또는 여자	남자 또는 여자
단어	단어
⇨ 장소 場所	

2. 대화에서 두 사람이 서로 질문하고 대답하는 내용을 확인하세요.

   請確認對話中兩人問答的內容。

남자 또는 여자	남자 또는 여자
질문	대답
⇨ 장소 場所	

答案

세탁소　洗衣店

答案：②

語彙

바지	줄이다	주다	언제	찾아가다
褲子	減少	給	何時	去找

다음을 듣고 물음에 맞는 대답을 고르십시오.

남자 : 바지를 좀 줄여 주세요.　請把褲子改短一點。

여자 : 언제 찾아가실 거예요?　你什麼時候來拿呢？

남자	여자
바지	
줄여 주세요.	언제 찾아가실 거예요?
⇨ 장소 場所	

① 옷 가게　　服飾店
② 세탁소　　　洗衣店
③ 미용실　　　美容室
④ 신발 가게　鞋店

Tip

두 사람의 대화에는 장소와 관계있는 단어들이 등장합니다. 장소는 이러한 단어들로 추측할 수 있고, 의문사에 대한 대답으로 추측할 수 있습니다. 장소와 관계있는 단어들은 97쪽을 참고하세요.

對話中會出現和場所相關的詞語，透過這類詞語及回答疑問詞的答案可推測出場所。和場所相關的詞語請參考 97 頁。

4-02.mp3

여기는 어디입니까? 알맞은 것을 고르십시오.

① 커피숍　　　　　　　② 학교
③ 은행　　　　　　　　④ 미술관

公式

여자	남자
커피	녹차
마시고 싶어요.	마시겠어요.
⇨ 장소 場所	

答案

커피숍
咖啡廳

答案：①

語彙

따뜻하다	커피	마시다	녹차
溫暖	咖啡	喝	綠茶

聽力短文

여자 : 따뜻한 커피를 마시고 싶어요. （女子：我想喝熱咖啡。）

남자 : 저는 녹차를 마시겠어요. （男子：我要喝綠茶。）

練習題 2

🎧 4-03.mp3

여기는 어디입니까? 알맞은 것을 고르십시오.

① 회사　　　　　　　　　　② 극장
③ 공원　　　　　　　　　　④ 꽃집

公 式

남자	여자
회의	
어디에서 합니까?	4층 회의실에서 합니다.
⇨ 장소 場所	

答 案

회사
公司

答案：①

語 彙

회의	어디	층	회의실
會議	在哪	層	會議室

聽力 短文

남자 : 회의는 어디에서 합니까? (男子：在哪開會呢？)

여자 : 4층 회의실에서 합니다. (女子：在4樓會議室開會。)

必背！－ 與場所相關的詞彙

가게	주문하다	값(가격)
店	訂購	價格
공항	비행기	출발하다
機場	飛機	出發
교실	선생님	질문
教室	老師	提問
꽃집	장미	(한) 송이
花店	玫瑰	（一）束
매표소	표	(한) 장
售票處	票	（一）張
미술관	그림	(몇) 층
美術館	圖畫	（幾）層
박물관	옛날	문화
博物館	以前	文化
빵집	케이크	빵
麵包店	蛋糕	麵包
서점	책	(한) 권
書店	書	（一）本
공원	의자	앉다
公園	椅子	坐

과일 가게 水果店	**사과** 蘋果	**배** 梨子
극장 電影院	**연극** 戲劇	**(몇) 시** （幾）點
도서관 圖書館	**책** 書	**빌리다** 借
문구점 文具店	**연필** 鉛筆	**공책** 筆記本
미용실 美容院	**자르다** 剪	**머리** 頭髮
병원 醫院	**안 좋다** 不好	**배** 肚子
사진관 照相館	**찍다** 拍	**여권** 護照
세탁소 洗衣店	**줄이다** 減少	**찾아가다** 去找
식당 餐廳	**냉면** 冷麵	**불고기** 烤肉
약국 藥局	**약** 藥	**아프다** 痛
영화관 電影院	**영화** 電影	**(한) 장** （一）張

우체국	편지	보내다
郵局	信	送

은행	바꾸다	돈
銀行	換	錢

호텔	방	주무시다
酒店	房間	睡覺

신발 가게	운동화	찾다
鞋店	運動鞋	找

여행사	사다	표
旅行社	買	票

옷 가게	입다	바지
服飾店	穿	褲子

운동장	배드민턴	치다
運動場	羽毛球	打

커피숍	커피	마시다
咖啡廳	咖啡	喝

회사	회의	시작하다
公司	會議	開始

題型 5　選擇話題

'화제를 고르는 유형'입니다.

두 사람의 대화를 듣고 무엇에 대해 이야기하는지 고르는 것입니다.

這是「選擇話題」的題型，聆聽兩人的對話後，針對內容進行選擇。

解題技巧

1. 대화를 듣기 전에 선택지를 모두 읽으세요.

2. 화제와 관계있는 내용이 보통 앞부분에서 등장하므로 잘 들어야 합니다.

   (1) 화제와 관련된 단어와 의문사에 주의하세요.

   (2) 화제와 관계있는 단어를 메모하세요.

3. 선택지에서 정답을 선택하세요.

---

1. 在聆聽對話前請先閱讀選項。

2. 與話題相關的內容一般都在前面的部分出現，必須仔細聆聽。

   〈1〉請多加注意和話題相關的單字與疑問詞。

   〈2〉請筆記一下對話中使用的字詞。

3. 在選項中選出一個正確答案。

選擇交談話題的題型

🎧 5-01.mp3

다음은 무엇에 대해 말하고 있습니까? 알맞은 것을 고르십시오.

> 남자 : 서울에서 태어났어요?
>
> 여자 : 태어난 곳은 인천이지만 서울로 이사했어요.

① 학교　　　　　　② 고향　　　　　　③ 집　　　　　　④ 도시

公 式

1. 단어들의 관계를 확인하세요.

　請確認詞彙之間的關係。

남자 또는 여자	남자 또는 여자
단어	단어
⇨ 화제 話題	

2. 대화에서 두 사람이 서로 질문하고 대답하는 내용을 확인하세요.

　請確認對話中兩人問答的內容。

남자 또는 여자	남자 또는 여자
질문	대답
⇨ 화제 話題	

答 案

고향　故鄉

答案：②

語 彙

서울	태어나다	이사하다
首爾	出生	搬家

다음은 무엇에 대해 말하고 있습니까? 알맞은 것을 고르십시오.

남자 : 서울에서 태어났어요?

妳是在首爾出生的嗎？

여자 : 태어난 곳은 인천이지만 서울로 이사했어요.

我在仁川出生，但搬到首爾了。

남자	여자	
서울		
태어나다	태어나다	이사하다
⇨ 화제 話題		

① 學校
② 故鄉
③ 家
④ 都市

Tip

대화에서 화제와 관계있는 단어들은 한 번 이상 등장합니다. 이러한 단어들을 통하여 화제를 추측할 수 있고 의문사로 묻고 답하여 화제를 추측할 수 있습니다. 선택지에 등장하는 화제는 105쪽을 참고하세요.

和話題相關的詞彙會出現一次以上，透過這類詞彙或是回答疑問詞的答案可推測話題，選項中出現的話題請參考 105 頁。

5-02.mp3

다음은 무엇에 대해 말하고 있습니까? 알맞은 것을 고르십시오.

① 가격   ② 선물

③ 소포   ④ 약속

公 式

여자	남자
무슨 선물을 받고 싶어요?	장갑
	받고 싶어요.
⇨ 화제 話題	

答 案

禮物

答案：②

語 彙

무슨	선물	장갑	받다
什麼	禮物	手套	收取

聽 力
短 文

여자 : 무슨 선물을 받고 싶어요? (女子：妳想要什麼禮物？)

남자 : 장갑을 받고 싶어요. (男子：我想要手套。)

5-03.mp3

다음은 무엇에 대해 말하고 있습니까? 알맞은 것을 고르십시오.

① 회사　　　　　　　　　② 극장
③ 공원　　　　　　　　　④ 꽃집

公式

남자	여자
불고기	냉면
좋아합니다.	좋아합니다.
⇨ 화제 話題	

答案

食物

答案：③

語彙

불고기	좋아하다	냉면
烤肉	喜歡	冷麵

聽力
短文

남자 : 저는 불고기를 좋아합니다. (男子：我喜歡烤牛肉。)

여자 : 저는 냉면을 좋아합니다. (女子：我喜歡冷麵。)

必背！－和話題相關的詞彙

가구	침대	옷장
傢俱	床	衣櫥
값	**비싸다**	**싸다**
價格	昂貴的	便宜的
계절	**여름**	**겨울**
季節	夏天	冬天
고기	**닭고기**	**생선**
肉	雞肉	魚
과일	**수박**	**포도**
水果	西瓜	葡萄
나라	**중국**	**미국**
國家	中國	美國
날씨	**눈**	**비**
天氣	雪	雨
날짜	**월**	**일**
日期	月	日
사진	**찍다**	**카메라**
照片	照相	相機
시간	**회의**	**약속**
時間	會議	約定

식당	음식	식사
餐廳	食物	吃飯

여행	관광	여행사
旅行	觀光	旅行社

이름	저는 OOO입니다.	
姓名	我叫 OOO。	

주말	토요일	일요일
週末	星期六	星期日

가족	아버지	어머니
家族	爸爸	媽媽

건강	몸	아프다
健康	身體	痛

계획	휴가	가다
計畫	假期	去

교통	버스	지하철
交通	公車	地鐵

기분	좋다	나쁘다
心情	好	壞

나이	~보다	어리다
年齡	比~	年輕

맛	맵다	짜다
味道	辣	鹹

생일	태어나다	선물
生日	出生	禮物
소포	부치다	우체국
包裹	寄送	郵局
약속	끝내다	만나다
約定	完成	見面
음식	김밥	먹다
食物	飯捲	吃
장소	기차역	뒤
場所	火車站	後面
주소	살다	어디
地址	住	哪裡
직업	일	어떤
職業	工作	哪一種
채소	배추	당근
蔬菜	大白菜	紅蘿蔔
휴일	쉬는 날	한글날
假日	休息的日子	韓文日
집	～에 살다	아파트
家	住在～	公寓
취미	등산	요리
興趣	爬山	烹飪

'적절한 그림을 고르는 유형'입니다.

두 사람의 대화를 듣고 내용을 가장 잘 표현한 그림을 고르는 것입니다.

這是「選擇適當圖畫」的題型。

聆聽兩人的對話後，選擇呈現內容最恰當的圖畫。

解題
技巧

1. 대화를 듣기 전에 그림을 잘 보세요.

   (1) 그림을 보고 동작과 상황을 이해하세요.

   (2) 그림과 관계있는 단어나 표현을 생각하세요.

2. 대화에서 그림에 관한 힌트를 찾아보세요.

   (1) 동작과 상황을 설명하는 표현에 집중하세요.

   (2) 대화에서 사용된 그림과 관계있는 단어를 메모하세요.

3. 선택지에서 정답을 선택하세요.

---

1. 在聆聽對話前請先仔細看圖畫。

   (1) 看圖後理解圖片的動作與情況。

   (2) 思考和圖片相關的詞彙或表達方式。

2. 從對話中找出和圖片相關的提示。

   (1) 請多加注意說明動作與情況的表達方式。

   (2) 請記下與圖畫相關的詞彙。

3. 請在選項中找出正確答案。

6-01.mp3

다음 대화를 듣고 알맞은 그림을 고르십시오.

> 여자 : 버스 정류장이 어디예요?
>
> 남자 : 저기 길 건너편에 있어요.

①

②

③

④

이 유형에 접근하는 가장 좋은 방법은 그림을 잘 이해하고 상황을 파악하는 것입니다.
此類型最好的解題方式是理解圖片內容與掌握其中的狀況。

대화의 내용을 다음과 같이 정리하세요.
1. 대화의 화제 또는 상황은 무엇인가요?
2. 대화에서 두 사람이 서로 묻고 답하는 내용을 확인하세요.
依照下列的方式彙整對話內容。
1. 對話的話題或情況是什麼呢？
2. 請確認雙方在對話中問答的內容。

答 案

'어디예요'를 듣고 '길 건너편'을 가리키는 그림을 선택할 수 있습니다.
聽到「在哪裡」後就能選擇「馬路對面」的圖片。

答案：①

語 彙

버스	정류장	어디	저기	길	건너편
公車	車站	哪裡	那邊	路	對面

다음 대화를 듣고 알맞은 그림을 고르십시오.

> 남자 : 바지를 좀 줄여 주세요.
> 여자 : 언제 찾아가실 거예요?

①

②

③

④

	1. 화제 또는 상황 話題或狀況	2. 설명 또는 반응 說明或反應
여자	버스 정류장이 어디예요?	
남자		저기 길 건너편에 있어요.

이 유형에 등장하는 대화는 질문에 대답하기와 설명에 대한 반응입니다.
그림에 등장하는 사람이나 물건의 위치, 모양, 행동 등을 잘 살펴보세요.

此題型是根據對話選出最相關的圖片，請仔細觀察圖片中出現的人物、物品的位置與形狀、以及人物的行為等。

6-02.mp3

다음 대화를 듣고 알맞은 그림을 고르십시오.

①

②

③

④

公 式

	1. 화제 또는 상황 話題或狀況	2. 설명 또는 반응 說明或反應
여자	파마를 하러 왔는데요.	
남자		손님이 많으니까 조금만 기다려 주세요.

答 案

在人多的美容室中，一名女顧客和男店員說想要燙髮的圖片是正確答案。

答案：①

語 彙

파마	오다	손님	많다	조금	기다리다
燙髮	來	客人	多	一點	等待

聽力 短文

여자 : 파마를 하러 왔는데요. (女子：我是來燙頭髮的。)

남자 : 손님이 많으니까 조금만 기다려 주세요. (男子：目前客人很多，請稍等一下。)

6-03.mp3

다음 대화를 듣고 알맞은 그림을 고르십시오.

①

②

③

④

公 式

	1. 화제 또는 상황 話題或狀況	2. 설명 또는 반응 說明或反應
여자	소화가 안 돼요.	
남자		소화제를 드릴게요.

答 案

女性顧客在藥局對男藥師說消化不良的圖片是正確答案。

答案：③

語 彙

점심	먹다	소화	소화제	드리다
午餐	吃	消化	消化劑	給

聽 力
短 文

여자 : 점심을 먹고 소화가 안 돼요. (女子：我吃完午餐後就消化不良。)

남자 : 소화제를 드릴게요. (男子：我給妳消化劑。)

選擇和內容相同的選項

'대화 내용과 같은 것 고르기 유형'입니다.
두 사람의 대화를 듣고 내용을 가장 잘 표현한 그림을 고르는 것입니다.

這是「選擇與內容一致的題型」。
聽過對話內容後，選出描述最為恰當的圖畫。

1. 대화를 듣기 전에 선택지를 읽으세요.
   핵심어를 확인하여 밑줄을 긋고 듣기의 내용을 예측하세요.

2. 핵심어에 집중해서 들으세요.

   (1) 이 유형의 일부 문제에서는 선택지에서 밑줄 그은 정보가
       대화에서 다른 말로 표현될 수 있습니다. 따라서 동의어나 다른 말로 바꾸어 말한
       것을 잘 들어야 합니다. 대화를 들을 때에는 같은 의미로 쓰인 다른 단어나 표현에
       주의하세요.

   (2) 선택지에서 밑줄 한 핵심 단어를 더 자세하게 설명한 정보에 집중하세요.

   (3) 장소, 날짜, 시간, 숫자, 이유, 수단, 일어난 일과 같은 구체적 정보에 집중하세요.

3. 선택지에서 정답을 선택하세요.

---

1. 聆聽對話前請先仔細閱讀選項。
   確認關鍵字和畫底線，並且預測聽力的內容。

2. 仔細聆聽關鍵字。

   （1）關鍵字在對話中可能會以同義詞呈現，必須仔細聆聽並分辨是否有同義詞彙
       或用語。

解題
技巧

（2）留意聆聽與關鍵字有關的其他資訊。

（3）留意場所、日期、時間、數字、原因、事件的具體資訊。

3. 在選項中找出一個正確答案。

公式20 在短文中選擇和內容相同的選項

다음을 듣고 대화 내용과 같은 것을 고르십시오.

> 여자 : 내일 친구들과 미술관에 갈 건데 같이 갈래요?
>
> 남자 : 미안해요. 저도 같이 가고 싶은데 수업이 있어서 못 가요.

① 여자는 친구들과 미술관에 갔습니다.　② 여자는 혼자 미술관에 가려고 합니다.

③ 남자는 미술관에 가고 싶지 않습니다.　④ 남자는 내일 미술관에 갈 수 없습니다.

세부 내용 詳細內容	대화의 세부내용을 정리하세요. 1. 대화의 화제 또는 상황을 확인하세요. 2. 대화에서 두 사람이 서로 묻고 답하는 내용을 확인하세요. 請整理對話的細節內容。 1.請確認對話的話題和情況。 2.請確認對話中兩個人問答的內容。

남자는 내일 미술관에 갈 수 없습니다.

男子明天無法前往美術館。

答案：④

語彙

내일	친구	미술관	가다	같이	미안하다	수업	있다
明天	朋友	美術館	去	一起	抱歉	課業	有

다음을 듣고 물음에 맞는 대답을 고르십시오.

> 여자 : 내일 친구들과 미술관에 갈 건데 같이 갈래요?
>
> 我明天要和朋友一起去美術館，你要一起去嗎？
>
> 남자 : 미안해요. 저도 같이 가고 싶은데 수업이 있어서 못 가요.
>
> 對不起，我也很想一起去，但我明天要上課，所以沒辦法去。

세부 내용 詳細內容		
	말하는 사람 說話者	
	여자 女子	남자 男子
1. 화제 또는 상황 話題或狀況	미술관	
2. 질문과 대답 提問和回答	미술관에 같이 갈래요?	미안해요. 수업이 있어서 못 가요.

① 여자는 친구들과 미술관에 ~~갔습니다~~. 女子和朋友一起去了美術館。

☞ 친구들과 和朋友

② 여자는 ~~혼자~~ 미술관에 가려고 합니다. 女子想要自己去美術館。

☞ 갈 건데 : 미래 要去 : 未來

③ 남자는 미술관에 가고 ~~싶지 않습니다~~. 男子不想去美術館。

☞ 가고 싶은데 想去

④ 남자는 내일 미술관에 갈 수 없습니다. 男子明天無法去美術館。

🎧 7-02.mp3

다음을 듣고 대화 내용과 같은 것을 고르십시오.

① 남자는 방을 예약하고 싶습니다.

② 여자는 3일 동안 방을 사용하고 싶습니다.

③ 남자는 수요일부터 호텔에 근무합니다.

④ 여자는 두 개의 방이 필요합니다.

公式

		말하는 사람 話者	
		여자 女子	남자 男子
세부 내용 詳細內容	1. 화제 또는 상황 話題或狀況	소포 / 우체국	
	2. 질문과 대답 提問和回答	근처에 우체국이 있어요?	은행 옆에 있어요.

答案

① 여자는 우체국에서 ~~일합니다~~. 女子在郵局工作。
　☞ 우체국을 찾고 있습니다. 在尋找郵局

② 남자는 소포를 보내려고 합니다. 男子想要寄送包裹。
　☞ 여자 女子

③ 여자는 ~~지금 은행에 있습니다~~. 女子目前在銀行。
　☞ 위치를 묻고 있습니다. 詢問位置

④ 남자는 여자에게 우체국의 위치를 알려주고 있습니다. 男子正在告訴女子郵局的位置。
　☞ 女子在詢問郵局的位置，男子告訴她郵局的位置。

答案：④

語彙

소포	보내다	근처	우체국	저기	은행	옆
包裹	寄送	附近	郵局	那邊	銀行	旁邊

聽力短文

여자 : 소포를 보내려고 하는데 근처에 우체국이 있어요？
（女子：我想寄包裹，這附近有郵局嗎？）

남자 : 네, 저기 은행 옆에 있어요.
（男子：有，在那家銀行隔壁。）

🎧 7-03.mp3

다음을 듣고 대화 내용과 같은 것을 고르십시오.

① 남자는 방을 예약하고 싶습니다.　③ 남자는 수요일부터 호텔에 근무합니다.

② 여자는 3일 동안 방을 사용하고 싶습니다.　④ 여자는 두 개의 방이 필요합니다.

公 式

세부 내용 詳細內容		말하는 사람 話者	
		여자 女子	남자 男子
	1. 화제 또는 상황 話題或狀況	방 / 예약	
	2. 질문과 대답 提問和回答	예약할 수 있어요?	네
		침대가 두 개인 방	며칠 동안 사용하시겠어요?
		수요일부터 금요일까지	어떤 방을 원하세요?

答 案

① 남자는 방을 예약하고 싶습니다. 男子想要訂房。
　　☞ 女子

③ 남자는 수요일부터 호텔에 근무합니다. 女子想要訂3天的房間。
　　☞ 女子 / 使用~

② 여자는 3일 동안 방을 사용하고 싶습니다. 男子星期三開始要在飯店工作。
　　☞ 女子星期三到星期五想要使用房間。

④ 여자는 두 개의 방이 필요합니다. 女子需要兩個房間。
　　☞ 兩張床的房間

答案：②

語 彙

방	예약하다	며칠	사용하다	다음 주	수요일
房間	預約	幾天	使用	下星期	星期三

금요일	어떤	원하다	침대	주다
星期五	某個	想要	床	給

여자 : 방을 예약할 수 있어요? (女子：可以預訂房間嗎？)

남자 : 네, 며칠 동안 사용하시겠어요? (男子：是，您要住幾天呢？)

여자 : 다음 주 수요일부터 금요일까지 사용할 거예요. (女子：下星期三住到星期五。)

남자 : 어떤 방을 원하세요? (男子：要什麼樣的房型呢？)

여자 : 침대가 두 개인 방으로 주세요. (女子：我要一間有兩張床的房間。)

公式21　在長對話中選擇和內容相同的選項

 7-04.mp3

다음을 듣고 대화 내용과 같은 것을 고르십시오.

> 여자 : 민수 씨, 이번 휴가 잘 보냈어요?
>
> 남자 : 이번 휴가는 집에서 그냥 쉬었는데 휴가가 끝나고 나니까 후회가 되네요. 수미 씨는 어떻게 보냈어요?
>
> 여자 : 저는 가족들과 제주도에 다녀왔어요. 제주도에서 아름다운 바다도 구경하고 유명한 관광지에도 갔어요. 짧지만 즐거운 시간이었어요.
>
> 남자 : 너무 부러워요. 저도 제주도에 한번 꼭 가 보고 싶어요.

① 남자는 휴가를 잘 보냈습니다.

② 여자는 혼자 제주도에 다녀왔습니다.

③ 여자는 제주도에서 유명한 관광지에 갔습니다.

④ 남자는 작년에 제주도에 다녀왔습니다.

公式

세부 내용 詳細內容	대화의 세부내용을 정리하세요. 1. 대화의 화제 또는 상황을 확인하세요. 2. 대화에서 두 사람이 서로 묻고 답하는 내용을 확인하세요. 3. 말하는 사람의 생각이나 느낌을 확인하세요. 請彙整對話的詳細內容。 1.請確認對話的話題或情境。 2.請確認對話中的問答內容。 3.請確認話者的想法或感覺。

이번 這次	휴가 休假	보내다 寄送	쉬다 休息
끝나다 結束	후회 後悔	어떻게 如何	가족 家族
제주도 濟州島	다녀오다 去一趟	아름답다 美麗	바다 大海
구경하다 觀賞	유명하다 有名	관광지 觀光地	
짧다 短的	즐겁다 愉快		

答案

① 남자는 휴가를 잘 보냈습니다. 男子休假過得很愉快。
　☞ 自己表示後悔了。

② 여자는 혼자 제주도에 다녀왔습니다. 女子獨自去了濟州島。
　☞ 和家人

③ 여자는 제주도에서 유명한 관광지에 갔습니다. 女子參觀了濟州島的知名觀光勝地。
　☞ 在濟州島欣賞美麗的海，還去了知名的觀光地。

④ 남자는 작년에 제주도에 다녀왔습니다. 男子去年去了濟州島。
　☞ 真想去一次濟州島。

答案：③

套用公式

다음을 듣고 물음에 맞는 대답을 고르십시오.

> 여자 : 민수 씨, 이번 휴가 잘 보냈어요?
>
> 民洙，這個假期過得好嗎？
>
> 남자 : 이번 휴가는 집에서 그냥 쉬었는데 휴가가 끝나고 나니까 후회가 되네요. 수미 씨는 어떻게 보냈어요?
>
> 我整個假期都在家裡休息，但假期結束後就後悔了，秀美妳過得怎麼樣呢？
>
> 여자 : 저는 가족들과 제주도에 다녀왔어요. 제주도에서 아름다운 바다도 구경하고 유명한 관광지에도 갔어요. 짧지만 즐거운 시간이었어요
>
> 我和家人去濟州島玩，欣賞了美麗的大海，也去了知名的觀光地。雖然時間很短暫，但卻過得相當愉快。
>
> 남자 : 너무 부러워요. 저도 제주도에 한번 꼭 가 보고 싶어요.
>
> 真是令人羨慕，我也想去濟州島玩一次。

	말하는 사람 話者	
	여자 女子	남자 男子
1. 화제 또는 상황 話題或狀況	휴가 假期	
2. 질문과 대답 提問和回答	휴가 잘 보냈어요?	후회가 되네요.
	짧지만 즐거운 시간이 었 어요.	어떻게 보냈어요?
3. 생각 또는 느낌 想法或感覺		제주도에 한번 꼭 가 보 고 싶어요.

🎧 7-05.mp3

다음을 듣고 물음에 맞는 대답을 고르십시오.

① 여자는 약속 시간을 바꾸고 싶어 합니다. ② 남자는 이번 주에 인천에 갑니다.

③ 여자는 수요일에 서울에 도착합니다. ④ 남자는 다음 주 수요일에 발표를 합니다.

公 式

세부 내용 詳細內容		말하는 사람 話者	
		여자 女子	남자 男子
	1. 화제 또는 상황 話題或狀況	발표를 다음 주로 바꿀 수 있어요?	
	2. 질문과 대답 提問和回答	인천으로 출장을 가야 해서요.	무슨 일 있어요?
		수요일로 바꿔 주세요.	언제로 바꿀까요?
	3. 생각 또는 느낌 想法或感覺		

答 案

① 여자는 청소기를 수리하는 사람입니다. ② 남자는 청소기를 두 달 전에 샀습니다.
☞由於下星期二抵達首爾，她想改成星期三。 ☞女子

③ 수리 시간은 삼십 분입니다. ④ 남자는 여자에게 삼만 원을 주어야 합니다.
☞星期二 ☞女子

答案：①

語 彙

발표	바꾸다	출장(을) 가다	언제	서울	도착하다
發表	改變	出差	何時	首爾	抵達

聽 力
短 文

여자 : 김 대리님, 이번 주 발표를 다음 주로 바꿀 수 있어요?
（女子：金代理，這星期的發表可以改下星期嗎？）

남자 : 무슨 일 있어요?
（男子：妳有其他事情嗎？）

여자 : 네, 이번 주에 인천으로 출장을 가야 해서요.
（女子：是，因為我這星期要去仁川出差。）

남자 : 아, 그러세요. 그럼 언제로 바꿀까요?
（男子：哦，是嗎？那要改什麼時候呢？）

여자 : 다음 주 화요일에 서울에 도착하니까 수요일로 바꿔 주세요.
（女子：我下星期二抵達首爾，請幫我改成星期三。）

7-06.mp3

다음을 듣고 물음에 맞는 대답을 고르십시오.

① 여자는 청소기를 수리하는 사람입니다.　② 남자는 청소기를 두 달 전에 샀습니다.

③ 수리 시간은 삼십 분입니다.　④ 남자는 여자에게 삼만 원을 주어야 합니다.

公式

		말하는 사람 話者	
		여자 女子	남자 男子
세부 내용 詳細內容	1. 화제 또는 상황 話題或狀況	방 / 예약	
	2. 질문과 대답 提問和回答	고장이 나서요.	무슨 일로 오셨어요?
		한 달 전에요.	언제 청소기를 사셨어요?
		바로 고칠 수 있을까요?	삼십 분 정도 기다리시면 됩니다.
	3. 생각 또는 느낌 想法或感覺		

答案

① 여자는 청소기를 수리하는 사람입니다.　② 남자는 청소기를 두 달 전에 샀습니다.
　　☞ 男子　　　　　　　　　　　　　　　☞ 女子 / 一個月前

③ 수리 시간은 삼십 분입니다.　④ 남자는 여자에게 삼만 원을 주어야 합니다.
　　☞ 只要等30分鐘就行了。　　　　　　☞ 女子給男子

答案：③

語彙

얼마	청소기	고장	깨지다	언제
多少	吸塵器	故障	破裂	何時

바로	고치다	기다리다	수리비
立刻	修理	等待	修理費

남자 : 안녕하세요 . 무슨 일로 오셨어요 ?

（男子：您好，需要什麼服務嗎？）

여자 : 얼마 전에 청소기를 샀는데 고장이 나서요 . 청소기 앞 부분이 깨졌어요 .

（女子：我不久前在這裡買了吸塵器，但卻故障了，吸塵器前面的部分裂開了。）

남자 : 언제 청소기를 사셨어요 ?

（男子：您是何時買吸塵器的呢？）

여자 : 한 달 전에요 . 지금 바로 고칠 수 있을까요 ?

（女子：一個月前，現在就能修理嗎？）

남자 : 삼십 분 정도 기다리시면 됩니다 . 그리고 수리비는 삼만 원입니다 .

（男子：只要等三十分鐘左右就行了，修理費是三萬元。）

여자 : 네 , 알겠습니다 .

（女子：好，我知道了。）

選擇重點想法

'중심 생각을 고르는 유형'은 두 사람의 대화를 듣고 '남자' 또는 '여자'의 중심 생각을 고르는 문제입니다. 중심 생각은 화자가 전달하고자 하는 특정한 정보입니다.

此一題型是聽完兩人對話內容後，選出男子或女子的重點想法。重點想法是說話者想傳達的特定資訊。

解題技巧

1. 대화를 듣기 전에 문제를 먼저 보세요.
   '남자' 또는 '여자'의 중심 생각 중 어떤 것을 묻는지 확인하세요.

2. 핵심어를 확인하여 밑줄하고 대화의 내용을 생각해 보세요.

3. 들을 때 [1.]에서 결정한 사람의 말에 집중하세요.

   (1) 의문사로 묻고 답하는 경우 대답에 주의하세요.

   (2) 생각이나 느낌을 의미하는 단어에 집중하세요.

4. 선택지에서 정답을 고르세요.

---

1. 聆聽對話前請先瀏覽題目。請確認是在詢問男子的重點想法還是女子的重點想法。

2. 確認關鍵字後畫底線，然後試著思考對話內容。

3. 專心聆聽 [1.] 當中決定者所說的話。

   (1) 使用疑問詞問答時請注意回答。

   (2) 請專注於代表想法或感覺的單字。

4. 在選項中找出正確答案。

公式22　選擇對話主旨的題型

🎧 8-01.mp3

다음을 듣고 남자의 중심 생각을 고르십시오.

여자 : 어떻게 해 드릴까요?
남자 : 이 사진에 있는 사람처럼 해 주세요.
여자 : 너무 짧아 보이는데 괜찮으세요?
남자 : 여름에는 더워서 짧은 머리가 좋아요.

① 남자는 사진을 좋아합니다.　　② 남자는 머리를 기르려고 합니다.
③ 남자는 짧은 머리를 하고 싶습니다.　　④ 남자는 더운 날씨를 싫어합니다.

公式

중심 생각과 관계있는 문장 찾기

找出與對話主旨有關的句子

여자 女子	남자 男子
어떻게 해 드릴까요?	짧은 머리가 좋아요.

⇩

중심 생각 對話主旨

答案

① 男子喜歡攝影。　　③ 男子想要留短髮。
　　　　　　　　　 ☞ 夏天很熱，短髮比較好

② 男子想要剪頭髮。　　④ 男子討厭炎熱的氣候。

答案：③

語彙

어떻게	사진	사람	처럼	주다	너무
如何	照片	人	像	給	太
짧다	괜찮다	여름	덥다	머리	좋다
短	沒關係	夏天	熱	頭髮	好

다음을 듣고 남자의 중심 생각을 고르십시오.

> 여자 : 어떻게 해 드릴까요?
> 女子 : 你想要怎麼剪呢？
> 남자 : 이 사진에 있는 사람처럼 해 주세요.
> 男子 : 請幫我剪和照片中人物一樣的髮型。
> 여자 : 너무 짧아 보이는데 괜찮으세요?
> 女子 : 看起來很短耶，沒關係嗎？
> 남자 : 여름에는 더워서 짧은 머리가 좋아요.
> 男子 : 夏天太熱了，剪短髮比較好。

중심 생각과 관계있는 문장 찾기
找出與對話主旨有關的句子

여자	남자
어떻게 해 드릴까요?	짧은 머리가 좋아요.

⇩

중심 생각 對話主旨

① 남자는 사진을 좋아합니다.
② 남자는 머리를 기르려고 합니다.
③ 남자는 짧은 머리를 하고 싶습니다.
④ 남자는 더운 날씨를 싫어합니다.

Tip

중심 생각은 남자 또는 여자의 말에 나타납니다. 생각이나 느낌을 표현하는 문장을 잘 들어야 합니다.

對話主旨會出現在男子或女子的談話內容，必須仔細聆聽表達想法或感覺的句子。

🎧 8-02.mp3

다음을 듣고 여자의 중심 생각을 고르십시오.

① 약을 먹고 감기가 나았다.　　　② 날씨가 추우면 감기에 걸리기 쉽다.

③ 영수 씨와 병원에 가려고 했다.　④ 감기에 걸린 영수 씨를 걱정했다.

公式

중심 생각과 관계있는 문장 찾기
找出與對話主旨有關的句子

여자	남자
감기는 좀 어때요?	많이 좋아졌어요.

⇩

중심 생각 對話主旨

答案

答案：④

① 吃藥後，感冒痊癒了。　　　② 天氣冷就容易感冒。
　☞ 男子說的話　　　　　　　　☞ 未知的資訊

③ 要和英洙一起去醫院。　　　④ 擔心感冒的英洙。
　☞ 未知的資訊　　　　　　　　☞ 你看起來很不舒服，我本來很擔心，真是太好了。

語彙

감기	낫다	약	쉬다	괜찮다
感冒	痊癒	藥	休息	沒關係
아프다	아/어 보이다	다행이다	겨울	조심하다
生病	看起來像是〜	太好了	冬天	小心

聽力短文

여자 : 영수 씨, 감기는 다 나았어요?
（女子：英洙，你的感冒好了嗎？）

남자 : 약을 먹고 집에서 쉬니까 괜찮아졌어요.
（男子：吃完藥在家休息後，現在已經沒事了。）

여자 : 많이 아파 보여서 걱정했는데 다행이네요.
（女子：你看起來很不舒服的樣子，害我很擔心，真是太好了。）

남자 : 고마워요. 수지 씨도 겨울이니까 감기 조심하세요.
（男子：謝謝妳，現在是冬天，秀智妳也要小心感冒。）

🎧 8-03.mp3

다음을 듣고 여자의 중심 생각을 고르십시오.

① 카메라를 사려고 합니다.

② 카메라를 팔려고 합니다.

③ 할인 가격을 묻고 있습니다.

④ 현금으로 계산하려고 합니다.

公 式

중심 생각과 관계있는 문장 찾기
找出與對話主旨有關的句子

여자	남자
카메라 좀 보여 주세요.	
카드로 계산할 수 있어요?	현금만 받습니다.

⇩

중심 생각 對話主旨

答 案

① 我要買照相機。
☞ 我想看一下比較受歡迎的相機，可以刷卡嗎？

② 我要賣照相機。
☞ 想要買

③ 正在詢問優惠價格。
☞ 未知的資訊

④ 想用現金付款。
☞ 信用卡

答案：①

語 彙

인기	카메라	요즘	제품	할인	기간	카드	계산하다	현금
人氣	相機	最近	產品	優惠	期間	信用卡	計算	現金

聽力 短文

남자 : 인기 있는 카메라 좀 보여 주세요 .
（男子：我想看一下比較受歡迎的相機。）

여자 : 요즘 이 제품이 인기 있습니다 . 지금 할인 기간이에요 .
（女子：最近這個產品很受歡迎，目前是優惠期間。）

남자 : 카드로 계산할 수 있어요 ?
（男子：可以刷卡嗎？）

여자 : 할인 기간이어서 현금만 받습니다 .
（女子：優惠期間只收現金。）

聽完內容後回答兩個問題

'대화를 듣고 두 문제에 대답하기' 유형입니다.

긴 대화를 듣고 대화의 세부 내용을 묻는 두 문제에 답하는 문제입니다.

這是聽完對話後回答兩個問題的類型。

聽完長對話後，回答和對話相關的細節。

---

1. 대화를 듣기 전에 문제와 선택지를 읽으세요.

   (1) 문제의 유형을 확인하세요.

   (2) 핵심어를 확인하여 밑줄하고 대화의 내용을 생각해 보세요.

2. 핵심어에 집중해서 들으세요.

   (1) 이 유형의 일부 문제에서는 선택지에서 밑줄 한 정보가 대화에서 다른 말로 표현될 수 있습니다. 따라서 동의어나 다른 말로 바꾸어 말한 것을 잘 들어야 합니다. 대화를 들을 때에는 같은 의미로 쓰인 다른 단어나 표현에 주의하세요.

   (2) 선택지에서 밑줄 한 핵심 단어를 더 자세하게 설명한 정보에 집중하세요.

   (3) 장소, 날짜, 시간, 숫자, 이유, 수단, 일어난 일과 같은 구체적인 정보에 집중하세요.

3. 선택지에서 정답을 선택하세요.

---

1. 聆聽對話前請先詳讀問題和選項。

   (1) 確認問題的類型。

   (2) 確認關鍵字後畫底線，並且思考對話內容。

2. 請仔細聆聽關鍵字。

   (1) 關鍵字在對話中可能會以同義詞呈現，必須仔細聆聽並分辨是否有同義詞彙或用語。

   (2) 留意聆聽與關鍵字有關的其他資訊。

   (3) 請專注於場所、日期、時間、數字、原因、方法、以及發生的事件等具體的資訊。

3. 在選項中選出正確的答案。

9-01.mp3

다음을 듣고 물음에 답하십시오

> 여자 : 안녕하세요? 서울에 소포를 부치고 싶어요.
>
> 남자 : 소포 안에 무엇이 있나요?
>
> 여자 : 책과 과자입니다.
>
> 남자 : 소포를 저울 위에 올려 주세요.
>
> 여자 : 얼마예요?
>
> 남자 : 10,000원입니다. 이틀 후에 도착할 거예요.

문제 1.　여자는 왜 남자를 찾아왔는지 맞는 것을 고르십시오.

① 소포를 찾기 위해서　　　　② 책과 과자를 사려고

③ 소포를 보내기 위해서　　　　④ 책과 과자를 계산하려고

문제 2.　들은 내용과 같은 것을 고르십시오.

① 여자는 서울에 갑니다.　　　　② 소포 안에는 책과 과자가 있습니다.

③ 요금은 이만 원입니다.　　　　④ 소포는 이틀 후에 출발합니다.

公 式

대화의 세부내용을 정리하세요.

1. 대화의 앞부분에 등장하는 대화의 화제 또는 상황이 무엇인지 확인하세요.

2. 대화에서 두 사람이 서로 묻고 답하는 내용을 확인하세요.

3. 말하는 사람의 생각이나 느낌을 확인하세요.

請彙整對話的詳細內容。

1. 請確認對話前面部分的話題或情況。

2. 請確認對話中的問答內容。

3. 請確認說話者的想法或感覺。

問題 1. 選出女子找男子的正確理由。

① 소포를 찾거 위해서
👉 寄送

② 책과 과자를 사려고
👉 想要寄送

③ 소포를 보내기 위해서
👉 想要寄送包裹到首爾。

④ 책과 과자를 계산하려고
👉 想要寄送

答案：③

問題 2. 選出和聽到的內容相同的選項。

① 여자는 서울에 갑니다.
👉 寄送包裹

② 소포 안에는 책과 과자가 있습니다.
👉 是書和餅乾。

③ 요금은 어만 원입니다.
👉 一萬元

④ 소포는 이틀 후에 출발합니다.
👉 抵達

答案：②

語彙

서울	소포	부치다	안	있다
首爾	包裹	寄送	內部	有

책	과자	저울	도착하다	W이틀
書	餅乾	磅秤	抵達	兩天

問題 1. 套用公式

여자는 왜 남자를 찾아왔는지 맞는 것을 고르십시오.

> 여자 : 안녕하세요? 서울에 소포를 부치고 싶어요.
>
> 남자 : 소포 안에 무엇이 있나요?
>
> 여자 : 책과 과자입니다.
>
> 남자 : 소포를 저울 위에 올려 주세요.
>
> 여자 : 얼마예요?
>
> 남자 : 10,000원입니다. 이틀 후에 도착할 거예요.

	말하는 사람 話者	
	여자	남자
화제 또는 상황 話題或狀況	소포를 부치고 싶어요.	

① 소포를 찾기 위해서
② 책과 과자를 사려고
③ 소포를 보내기 위해서
④ 책과 과자를 계산하려고

Tip

대화를 잘 듣고 앞부분에 등장하는 대화의 목적, 화제를 파악하세요.

仔細聆聽對話後，掌握前半段對話的目的與話題。

들은 내용과 같은 것을 고르십시오.

> 여자 : 안녕하세요? 서울에 소포를 부치고 싶어요.
> 남자 : 소포 안에 무엇이 있나요?
> 여자 : 책과 과자입니다.
> 남자 : 소포를 저울 위에 올려 주세요.
> 여자 : 얼마예요?
> 남자 : 10,000원입니다. 이틀 후에 도착할 거예요.

	말하는 사람 話者	
	여자	남자
1. 화제 또는 상황 話題或狀況	소포를 부치고 싶어요.	
2. 질문과 대답 提問和回答	책과 과자입니다.	소포 안에 무엇이 있나요?
	얼마예요?	10,000원입니다.
3. 생각 또는 느낌 想法或感覺		

① 여자는 서울에 갑니다.　　② 소포 안에는 책과 과자가 있습니다.
③ 요금은 이만 원입니다.　　④ 소포는 이틀 후에 출발합니다.

Tip

대화를 잘 듣고 뒷부분에 등장하는 구체적인 대화의 내용을 파악하세요.

仔細聽對話後，掌握後半段出現的具體內容。

🎧 9-02.mp3

다음을 듣고 물음에 답하십시오.

문제 1. 어떤 이야기를 하고 있는지 고르십시오.

① 부탁   ② 광고   ③ 안내   ④ 예약

문제 2. 들은 내용과 같은 것을 고르십시오 .

① 오늘은 비가 옵니다.   ② 주말에는 날씨가 맑습니다.

③ 토요일에는 많은 비가 내립니다.   ④ 다음 주에는 계속 맑은 날씨입니다.

答案

問題 1. 請選出正確的內容。

① 委託
② 廣告
③ 說明
④ 預約

☞ 內容是關於「天氣」，在說明天氣狀況。

答案：③

答案

問題 2. 請選出和內容相符的選項。

① 오늘은 비가 옵니다.
   ☞ 雲很多
② 주말에는 날씨가 맑습니다.
   ☞ 下雨
③ 토요일에는 많은 비가 내립니다.
④ 다음 주에는 계속 맑은 날씨입니다.
   ☞ 星期一到星期三

答案：③

語彙

날씨	맑다	구름	많다	위치	영향	이번
天氣	晴朗	雲	多	位置	影響	這次
비	내리다	계획	우산	꼭	준비하다	계속되다
雨	降下	計畫	雨傘	一定	準備	繼續

聽力短文

氣象報告，昨天為止氣候都很晴朗，今天則是多雲。受到位於西半部海邊的烏雲影響，雨勢預計會持續到這週末為止。明天星期四上午開始會降雨，星期六則會降下大雨，週末若是有出遊的計畫，請一定要攜帶雨具。下星期一到星期三會天氣會再度好轉。

9-03.mp3

다음을 듣고 물음에 답하십시오.

문제 1. 두 사람은 무엇에 대해 이야기를 하고 있는지 고르십시오.

① 모임에 늦는 이유

② 모임에 빨리 가는 방법

③ 모임에 대한 소개

④ 모임에서 친구를 만나는 방법

문제 2. 들은 내용과 같은 것을 고르십시오.

① 모임은 오후 2시입니다.

② 모임은 토요일과 일요일에 합니다.

③ 여자는 중국어를 잘합니다.

④ 남자와 여자는 토요일에 만납니다.

案

問題 1. 兩個人在談論些什麼呢？

① 聚會遲到的原因

② 快點去聚會的方法

③ 聚會的相關介紹

　　☞ 韓國人與外國人一個星期見面一次互相學習對方語言的聚會

④ 從聚會中認識朋友的方法

答案：③

案

問題 2. 請選出和內容相同的選項。

① 모임은 오후 2시입니다.

　　☞ 3點

② 모임은 토요일과 일요일에 합니다.

　　☞ 這星期六有語言交換的聚會

③ 여자는 중국어를 잘합니다.

　　☞ 新手

④ 남자와 여자는 토요일에 만납니다.

　　☞ 參考男子說的話就能選擇正確答案，男子：我這星期六有「語言交換」，你要不要一起去？男子：聚會是下午3點在鍾路，我們2點約在明洞吧。

答案：④

언어	교환	모임	같이	사람
語言	交換	聚會	一起	人
외국인	서로	가르치다	중국어	관심
外國人	互相	指導	中文	關心
초보	괜찮다	문화	사귀다	시간
新手	沒關係	文化	交往	時間
장소	종로	명동	오후	그게(← 그것이)
場所	鐘路	明洞	下午	這〈它〉

聽 力
短 文

남자 : 수미 씨, 이번 주 토요일에 '언어 교환 모임'이 있는데 같이 가실래요?
（男子：秀美，我這星期六有「語言交換」，妳要一起去嗎？）

여자 : '언어 교환 모임'이요? 그게 뭐예요?
（女子：「語言交換」？那是什麼呢？）

남자 : 일주일에 한 번씩 한국 사람과 외국인이 만나서 서로의 언어를 가르치고 공부하는 모임이에요.
（男子：那是韓國人和外國人一個星期見面一次互相學習對方語言的聚會。）

여자 : 아, 그래요? 저는 중국어에 관심은 많은데 초보예요. 괜찮을까요?
（女子：哦，是嗎？我對中文非常有興趣，但我是初學者，應該沒關係吧？）

남자 : 네, 괜찮아요. 언어도 배우고 문화도 배우고 친구도 사귈 수 있어서 좋을 거예요.
（男子：是，沒關係。可學習語言、文化和認識朋友，對妳應該也會有幫助。）

여자 : 시간과 장소는 어떻게 돼요?
（女子：時間和地點呢？）

남자 : 종로에서 오후 3시니까, 저랑 명동에서 2시에 만나요.
（男子：語言交換是下午 3 點在鐘路，我們就約 2 點在明洞碰面吧。）

BEST

여러 가지 대화 상황에서 쓰이는 표현 1
1★各種對話情境下使用的表達方式

대화 상황 對話情境	표현 表達方式	대답 回答
감사 感謝	고마워요.　고맙습니다. 謝謝。	아니에요. 별말씀을요. 不會，別客氣。
반가울 때 高興時	반가워요.　반갑습니다. 很高興見到你。	반갑습니다. 很高興見到你。
부탁 拜託	부탁해요.　부탁합니다. 잘 부탁합니다. 請多多指教。	네, 잠깐만 기다리세요. 是，請等一下。 네, 알겠습니다. 是，我知道了。
사과 道歉	미안해요.　미안합니다. 對不起。	괜찮습니다. 沒關係。
사람이 찾아왔을 때 友人來訪時	○○ 씨 있나요? ○○在嗎?	네, 들어오세요. 是，請進。
식사를 할 때 用餐時	맛있게 드세요. 請慢用。	맛있게 드세요.　잘 먹겠습니다. 請慢用。　　我要開動了。
안부 인사를 건넬 때 打招呼・問候時	잘 지냈어요? 你過得好嗎?	네, 잘 지냈어요. 是，我過得很好。
양해를 구할 때 尋求諒解時	실례합니다. 失禮了。	
여행 갈 때 前往旅行時	다녀오겠습니다. 我要出發了。	잘 다녀오세요. 一路順風。
오랜만에 만났을 때 久違見面時	오랜만이에요.　오랜만입니다. 好久不見。	오랜만이에요.　오랜만입니다. 好久不見。
저녁 인사를 할 때 晚上打招呼時	잘 자요.　안녕히 주무세요. 晚安。	잘 자요.　안녕히 주무세요. 晚安。
전화 電話	○○ 씨 있나요? ○○在嗎?	네, 전데요. 是，我就是。
처음 만날 때 初次見面時	처음 뵙겠습니다. 初次見面。	만나서 반갑습니다. 很高興見到你。
축하 祝賀	축하합니다. 恭喜你。	감사합니다. 謝謝。
칭찬 稱讚	잘했습니다. 表現得很好。	감사합니다. 謝謝。
헤어질 때 分開時	안녕히 가세요.　안녕히 계세요. 再見。	안녕히 계세요.　안녕히 가세요. 再見。

여러 가지 대화 상황에서 쓰이는 표현 2
2★各種對話情境下使用的表達方式

대화 상황 對話情境	표현 表達方式	대답 回答
건강 健康	어디가 아파요? 你哪裡不舒服嗎？	○○이/가 아파요.　○○不舒服。 * ○○에는 머리, 배, 허리 등 신체 부위가 들어갈 수 있습니다. * ○○可填入頭部、肚子、腰部等身體的部位。
경험 묻기 詢問經驗	~ 해본 적 있어요? 你曾試過～嗎？	네. ~ 해본 적 있어요. 是，我曾做過～。 아니요. ~ 해본 적 없어요. 不，我不曾做過～。
교통 수단 交通工具	○○에 어떻게 가요? 該怎麼去○○呢？	걸어서 가요.　步行。 ○○ 타고 가요.　搭乘○○。 * ○○에는 차, 지하철, 비행기 등 탈 것이 들어갈 수 있습니다. * ○○可填入汽車、地鐵、飛機等交通工具。
날짜 묻기 詢問日期	며칠이에요? 是幾月幾號呢？	○월 ○일이에요. 是○月○日。
물건 사기 購買物品	얼마예요? 多少錢呢？	○,○○○원입니다. 是○,○○○元。
물건 찾기 尋找物品	○○이/가 어디에 있어요? ○○在哪裡呢？	○○는/은 △△에 있어요. ○○在△△。
부탁하기 拜託	~(아/어/여) 주세요.　請～ ~(으) 수 있어요?　可以～嗎？	네, 잠시만 기다려 주세요.　是，請等一下。 미안하지만 ~(으) 수 없어요.　很抱歉，我無法～。
시간 묻기 詢問時間	몇 시예요? 是幾點呢？	○시 △분이에요. 是○點△分。
약속 約定	언제 만날까요?　何時見面呢？ 어디에서 만날까요?　要在哪見面呢？	○월 △일, □시에 만나요.　○月△日□點見。 ○○에서 만나요.　在○○見吧。
요일 묻기 詢問星期幾	무슨 요일이에요? 是星期幾呢？	○요일이에요.　是星期○。 * ○에는 '월, 화, 수, 목, 금, 토, 일'이 들어갈 수 있습니다. * ○可填入一、二、三、四、五、六、日。
자기소개 自我介紹	안녕하세요? 저는 ○○(이)예요. 您好！我是○○。	네, 안녕하세요? 저는 △△(이)예요. 是，你好？我是△△。
제안하기 提議	~ 어때요?　怎麼樣？ ~(으) 래요?　要～嗎？ 같이 ~(으) 래요?　要不要一起～？	좋아요. 글쎄요.　好。好吧。 미안하지만 ~(으) 수 없어요.　很抱歉，我無法～
초대 邀請	○○에 올 수 있어요? 可以來○○嗎？	네, 좋아요.　是，好。 미안해요. 약속이 있어요.　很抱歉，我有約。

PART 2

閱讀部份

'화제 고르기' 유형입니다.
두 문장이 공통적으로 다루고 있는 화제를 선택해야 합니다.

這是「選擇話題」的類型，必須選擇兩個句子的共同話題。

解題
技巧

1. 선택지를 읽으세요.

2. 두 문장을 읽고 명사, 동사, 형용사에 밑줄 하세요.

3. 두 문장에 나타난 단어들의 의미를 파악하세요.

4. 선택지에서 정답을 선택하세요.

1. 請閱讀選項。

2. 看過兩個句子後於名詞、動詞、形容詞底下畫底線。

3. 掌握兩個句子中出現的詞彙意思。

4. 在選項中選出正確答案。

무엇에 대한 이야기입니까? 알맞은 것을 고르십시오.

어제는 비가 왔습니다. 지금은 눈이 옵니다.

① 계절　　　　② 여름　　　　③ 운동　　　　④ 날씨

公式

문장 1 句子 1	문장 2 句子 2
명사　名詞	명사　名詞
동사　動詞	동사　動詞
형용사　形容詞	형용사　形容詞
⇨ 화제 話題	

두 문장에서 제시된 핵심어와 관련 있는 화제를 선택하세요. 선택지에 등장한 단어는 두 문장보다 더 추상적인 단어입니다. 두 문장은 선택지의 추상적인 단어를 구체적인 단어로 설명한 것입니다.

兩個句子中提示了關鍵字，請選出與其相關的話題，選項中的詞彙是比兩個句子都更抽象的詞彙。兩個句子利用具體的詞彙來說明選項的抽象詞彙。

答案

「雨」和「雪」共同的話題是氣候。

答案：④

語彙

어제	비	오다	지금	눈
昨天	雨	來	現在	雪

무엇에 대한 이야기입니까? 알맞은 것을 고르십시오.

어제는 비가 왔습니다.　昨天下雨了。

지금은 눈이 옵니다.　現在下雪。

문장 1 句子 1	문장 2 句子 2
명사　名詞 동사　動詞 형용사　形容詞	명사　名詞 동사　動詞 형용사　形容詞
비 오다	눈 오다
⇨ 화제 話題	

① 계절　季節　　　　　　　　② 여름　夏天

③ 운동　運動　　　　　　　　④ 날씨　氣候

Tip

이 유형은 듣기 영역 유형 5와 비슷합니다.

150쪽을 참고하여 화제와 관련된 단어들을 정리하세요.

此一題型和聽力部分的類型 5 很類似，請參考 150 頁整理的與話題相關的詞彙。

무엇에 대한 이야기입니까? 알맞은 것을 고르십시오.

> 할머니가 계십니다. 할아버지도 계십니다.
> 有奶奶，也有爺爺。

① 가족　　　　② 친구　　　　③ 이름　　　　④ 부모
　家人　　　　　朋友　　　　　名字　　　　　父母親

公式

문장 1	문장 2
句子 1	句子 2
할머니	할아버지
奶奶	爺爺
⇨ 가족 家人	

答案

「奶奶」、「爺爺」的共同話題是家人。

答案：①

語彙

할머니	할아버지	계시다
奶奶	爺爺	在

무엇에 대한 이야기입니까? 알맞은 것을 고르십시오.

> 내일은 설날입니다. 회사에 가지 않습니다.
> 明天是大年初一，不用上班。

① 방학
　放假

② 날씨
　氣候

③ 휴일
　休假

④ 날짜
　日期

公 式

문장 1 句子 1	문장 2 句子 2
설날 春節	회사 / 가지 않습니다. 公司 / 不去。
⇨ 휴일 放假	

答 案

「春節」、「不去公司」的共同話題是假日。

答案：③

語 彙

설날	회사	가다
春節	公司	去

必背！－與話題相關的詞彙

가족	언니	오빠	계절	봄	가을
家人	姐姐	哥哥	季節	春天	秋天
계획	친구	만나다	고향	서울	부산
計畫	朋友	見面	故鄉	首爾	釜山
나라	한국	프랑스	나이	살	많다
國家	韓國	法國	年齡	歲	多
날씨	덥다	따뜻하다	방학	학교	수업
天氣	熱	溫暖	放假	學校	上課
수업	한국어	배우다	식사	빵	우유
上課	韓文	學習	用餐	麵包	牛奶
얼굴	눈	코	운동	태권도	수영
臉	眼睛	鼻子	運動	跆拳道	游泳
음식	불고기	맛있다	이름	김민수	김수미
食物	烤肉	好吃	名字	金民洙	金秀美
장소	화장실	식당	직업	회사원	회사
場所	洗手間	餐廳	職業	職員	公司
취미	우표	모으다	학교	공부하다	선생님
興趣	郵票	收集	學校	學習	老師
휴일	안 가다	회사			
假日	不去	公司			

選擇填入空格的詞語

'빈칸에 들어갈 말 고르기' 유형입니다.

빈칸에 들어갈 가장 자연스러운 어휘와 조사를 선택하세요.

這是填充題，選擇最合適的詞彙和助詞填入空格。

解題
技巧

1. 선택지를 읽으세요.

   선택지에는 명사, 동사, 형용사, 부사, 조사가 있습니다.

2. 두 문장을 잘 읽고 명사, 동사, 형용사, 부사에 밑줄 하세요.

3. 공식을 적용하여 문제를 해결하세요..

---

1. 請閱讀選項，選項中有名詞、動詞、形容詞、副詞和助詞。

2. 詳細閱讀兩個句子後，在名詞、動詞、形容詞底下畫線。

3. 請套用公式解決問題。

公式2 **空格填入單字〈名詞、動詞、形容詞、副詞〉的題型**

( ) 에 들어갈 가장 알맞은 것을 고르십시오.

배가 아픕니다. 그래서 ( ) 에 갑니다.

---

① 극장 　　　② 시장 　　　③ 서점 　　　④ 병원

公式

두 문장의 의미 관계를 이해하고 가장 알맞은 단어를 선택하세요.

理解句子意思之間的關係，選擇最恰當的詞彙。

앞 문장 前面的句子	의미관계 意思之間的關係	뒤 문장 後面的句子
단어 詞彙		단어 詞彙

빈칸에 명사, 동사, 형용사, 부사를 넣는 문제입니다. 정답은 두 문장을 가장 자연스럽게 연결해주는 단어입니다.

這是在空格中填入名詞、動詞、形容詞、副詞的問題，答案是最能自然地連接兩個句子的詞彙。

答案

배가 肚子	그래서	병원에 醫院
아픕니다.		갑니다.

因為肚子痛就去了一趟醫院，正在說明原因和結果。

答案：④

語彙

배	아프다	그래서	병원	가다
肚子	疼痛	所以	醫院	去

( ) 에 들어갈 가장 알맞은 것을 고르십시오.

我肚子痛，所以去看醫生。

배가 아픕니다. 그래서 ( ) 에 갑니다.

두 문장의 의미 관계를 이해하고 가장 알맞은 단어를 선택하세요.
理解句子意思之間的關係，選擇最恰當的詞彙。

배가		( ) 에
아픕니다.	그래서	갑니다.

그래서 ⇨ 두 문장은 인과의 의미관계가 있다.
兩個句子的意思具備因果關係。

① 극장 電影院   ② 시장 市場
③ 서점 書店   ④ 병원 醫院

( ) 에 들어갈 가장 알맞은 것을 고르십시오.

( ) 을 갑니다. 그래서 기분이 좋습니다.

① 여행 　　　② 시장 　　　③ 방학 　　　④ 은행

公式

두 문장의 의미 관계를 이해하고 가장 알맞은 단어를 선택하세요.
理解句子意思之間的關係，選擇最恰當的詞彙。

( ) 을		기분이
갑니다.	그래서	좋습니다.

그래서 ⇨ 두 문장은 인과의 의미관계가 있다.
　　　　　兩個句子的意思具備因果關係。

答案

( ) 을		기분이
갑니다.	그래서	좋습니다.

因為去旅行，所以心情很好。說明原因和結果。

答案：①

語彙

여행	가다	기분	좋다
旅行	去	心情	好

(   ) 에 들어갈 가장 알맞은 것을 고르십시오.

청소를 했습니다. 방이 (   ).

① 아픕니다   ② 좋습니다   ③ 건강합니다   ④ 깨끗합니다

公 式

두 문장의 의미 관계를 이해하고 가장 알맞은 단어를 선택하세요.

理解句子意思之間的關係，選擇最恰當的詞彙。

청소를		방이
했습니다.	⇨	( ).

(그래서) ⇨ 두 문장은 인과의 의미관계가 있다.

兩個句子的意思具備因果關係。

答 案

청소를		방이
좋습니다.	⇨	( ).

因為打掃，房間很乾淨。說明原因和結果。

答案：④

語 彙

청소	하다	방	깨끗하다
打掃	做	房間	乾淨

( ) 에 들어갈 가장 알맞은 것을 고르십시오.

도로에 눈이 많습니다. ( ) 운전하세요.

① 빨리　　　　　② 조용히　　　　　③ 가까이　　　　　④ 조심히

公式

두 문장의 의미 관계를 이해하고 가장 알맞은 단어를 선택하세요.
理解句子意思之間的關係，選擇最恰當的詞彙。

도로에 눈이	⇨	( )
많습니다.		운전하세요.

(그러므로) ⇨ 두 문장은 인과의 의미관계가 있다..
　　　　　　　兩個句子的意思具備因果關係。

答案

도로에	⇨	( )
눈이 많습니다.		운전하세요.

由於道路上有很多雪，必須小心駕駛。說明原因和結果。

答案：④

語彙

도로	눈	많다	조심히	운전하다
道路	雪	多	小心地	駕駛

空格填入單字〈助詞〉的題型

( ) 에 들어갈 가장 알맞은 것을 고르십시오.

공항에 갑니다. 비행기 ( ) 탑니다.

① 을   ② 를   ③ 이   ④ 가

公式

두 문장의 의미 관계를 이해하고 가장 알맞은 단어를 선택하세요.

理解句子意思之間的關係,選擇最恰當的詞彙。

앞 문장 前面的句子	의미관계	뒤 문장 後面的句子
단어 詞彙	意思之間的關係	단어 詞彙

빈칸에 조사를 넣는 문제입니다. 조사의 형태와 역할을 고려하여 정답을 결정하세요.

조사의 형태와 기능에 대해서는 162쪽을 참고하세요.

這是在空格填入助詞的題型,考慮助詞的形態與功能後選出正確的答案,助詞的形態和作用請參考 162 頁。

목적어		동사
명사	조사	
비행기	를	타다

「搭乘」是需要受詞的動詞，因此正確的助詞「을 / 를」。

名詞沒有收尾音，所以「를」是正確答案。

答案：②

공항	가다	비행기	타다
機場	去	飛機	搭乘

( ) 에 들어갈 가장 알맞은 것을 고르십시오.

我去機場，我搭飛機。

공항에 갑니다. 비행기 ( ) 탑니다.

조사는 문장에서 문장 성분을 결정합니다.
한국어 어순을 이해하면 빈칸 문제를 해결할 수 있습니다.
助詞決定了句子裡詞語彼此的關係。
只要理解韓文的語順，就能輕易解決填空題。

주어 主語	목적어 受詞	서술어 述詞
명사+조사	명사+조사	동사
은/는		형용사
이/가	을/를	명사+이다

시간 時間	장소 場所
명사+조사	명사+조사
에	에
	으로/로

① 을   ② 를   ③ 이   ④ 가

( ) 에 들어갈 가장 알맞을 것을 고르십시오.

> 가족과 함께 식당 ( ) 갑니다.

① 에서 　　　　② 의 　　　　③ 에 　　　　④ 이

公 式

장소 場所	서술어 述詞
명사+조사 〈名詞〉+〈助詞〉	동사 〈動詞〉
식당+에 〈餐廳〉+〈助詞〉	갑니다. 〈去〉

答 案

「去」是動詞，因此和場所搭配的「～에 가다」的形態是正確答案。

答案：③

語 彙

가족	함께	식당	가다
家人	一起	餐廳	去

(   ) 에 들어갈 가장 알맞은 것을 고르십시오.

> 민수 씨는 의사입니다. 수미 씨 (   ) 의사입니다.

① 만   ② 가   ③ 도   ④ 를

公式

주어 主語	서술어 述詞
명사 + 는 〈名詞〉+〈助詞〉	의사입니다. 〈是醫生〉
명사 + 도 〈名詞〉+〈助詞〉	의사입니다. 〈是醫生〉

答案

民洙和秀美（   ）是主語，秀美和具備「附加」意思的「도」連接後表示主語。

答案：③

語彙

의사	이다
醫生	是

必背！－助詞的形態與功能

1. 은 / 는 輔助助詞
〈형태〉〈形態〉

주제 主題	문장의 주제를 표시합니다. 表示句子的主題。 例 저는 한국 사람입니다. 제 이름은 김수진입니다.
대조 對照	대조관계를 나타낼 때 사용합니다. 用來表示對比關係。 例 여름은 더워요. 겨울은 추워요.

2. 이 / 가 主格助詞
〈형태〉〈形態〉

주어 표시 表示主語	문장의 주어를 표시하기 위해 명사에 주격 조사를 붙입니다. 名詞加上主格助詞是為了表示該名詞是句子的主語。 例 날씨가 좋아요. 얼굴이 예뻐요
주어를 설명 說明主語	'되다' 또는 '아니다' 앞에서 주어를 설명할 때 사용합니다. 使用在「되다」或「아니다」之前，用來說明主語。 例 저는 의사가 되고 싶어요. 　　이 책은 제 책이 아니에요.

3. 을 / 를 受格助詞
〈형태〉〈形態〉

목적어 표시 標示受詞	문장의 목적어를 표시하기 위해 명사에 목적격 조사를 붙입니다.

목적어 표시
標示受詞

문장의 목적어를 표시하기 위해 명사에 목적격 조사를 붙입니다.

為表示句子的受詞，名詞要加上受格助詞。

例 밥을 먹어요. 공부를 해요.

'하다'와 연결
連接「하다」

'공부', '운동'과 같은 명사는 '하다' 앞에서 '을 / 를'과 함께 사용합니다.

「을 / 를」和「공부」、「운동」等的名詞一起使用，放在「하다」的前面。

例 도서관에서 공부를 했어요.
　　주말에는 운동을 할 거예요.

4. 에 副詞格助詞

장소
場所

장소를 표시합니다.

表示場所。

例 학교에 갑니다.

시간
時間

시간을 표시합니다.

表示時間。

例 수업이 끝나고 1시에 만나요.

단위
單位

딘위를 표시합니다.

表示單位。

例 여자 : 이 볼펜은 얼마예요?
　　남자 : 한 자루에 천원이에요.

5. 과 / 와 connective postpositions 連接助詞
〈형태〉〈形態〉

연결 連接	주로 비슷한 성격을 가진 명사와 명사를 연결합니다. 主要是連接性質相似的名詞。 例 나는 사과와 배를 좋아합니다. 　　양복과 넥타이를 준비하세요.
비교의 대상 比較的對象	비교를 표현할 때 사용합니다. 表示比較時使用。 例 여름은 겨울과 다르게 날씨가 덥다.

6. 만 輔助助詞

한정 限定	다른 것을 제외하고 하나만 한정할 때 사용합니다. 「만」代表排除其他可能性，僅限選擇一個時使用。 例 나는 시장에서 사과만 샀습니다.
강조 強調	강조를 표현할 때 사용합니다. 表示強調時使用。 例 친구하고 한 시간만 더 놀게요.

7. 도 輔助助詞

추가 追加	'역시'와 같이 더하는 속성을 표시합니다. 和「역시」一樣代表追加的性質。 例 어제 쇼핑을 했어요. 옷과 가방을 샀어요. 신발도 샀어요.
강조 強調	강조할 때 사용합니다. 表示強調時使用。 例 민수 씨는 빨리도 달리네요.

8. 으로 / 로 副詞格助詞

〈형태〉〈形態〉

받침 ○	은
받침 ×	는

※ 받침 ㄹ이 있는 경우 예외적으로 '로'를 사용한다.
　　前面有尾音「ㄹ」時屬於例外，要使用「로」。
　　例 사무실로 오세요.

이동 **移動**	이동의 방향이나 목적지를 표시합니다. 表示移動方向或目的地。 例 학교로 오세요. 　　오른쪽으로 가세요.
수단 **方法**	수단이나 방법을 나타냅니다. 代表手段或方法。 例 집에서 회사까지 버스로 가요. 　　국물은 숟가락으로 드세요.

9. 의 所有格助詞

소유 **擁有**	소유관계나 수식관계를 표시합니다. 表示所有格關係或修飾關係。 例 이것은 친구의 자동차입니다.
줄임 **減少**	'나의, 저의, 너의'는 '의'를 생략하여 사용하는 경우가 많습니다. 「나의、저의、너의」中的「의」經常都會被省略。 例 나의 → 내 / 저의 → 제 / 너의 → 네

題型 3 掌握詳細的內容

'세부 내용 파악하기' 유형입니다.
광고문, 안내문, 포스터, 차림표 등을 읽고 맞지 않는 내용을 고르는 문제입니다.

這是掌握詳細內容的題型，看過廣告、通告、海報、菜單等之後選出不符合的內容。

解題
技巧

1. 실용문의 종류를 파악하세요.

2. 지문에 등장하는 단어나 숫자를 선택지와 비교하며 확인하세요.

3. 지문의 내용과 다른 선택지를 선택하세요.

4. 선택지에서 정답을 고르세요.

---

1. 掌握應用文的種類。

2. 把本文中出現的詞彙或數字和選項比較。

3. 選出和本文內容不符的選項。

4. 在選項中找出正確的答案。

다음을 읽고 맞지 않는 것을 고르십시오.

기차를 타고 눈꽃 축제에 갑시다!

- 날짜 : 12월 25일(일) 오전 10시
- 장소 : 청량리역
- 참가비 : 7만 원
- 예약 : 02) 888-7788 (11월 5일 오후 5시까지)

서울 여행사

① 참가 예약은 한 달 전에 시작합니다.

② 기차를 타고 눈꽃 축제에 갑니다.

③ 축제에 가려면 7만 원을 내야 합니다.

④ 예약은 인터넷으로 할 수 있습니다.

公式

掌握應用文中出現的詞彙、數字後和選項的句子比較。

① 一個月前開始預約參加。

☞ 於 12 月 25 日參加，一個月前開始預約，11 月 5 日截止。

② 搭乘火車前往雪花慶典。

☞ 我們一起搭乘火車去參加雪花祭典吧！

③ 想要參加慶典就必須支付 7 萬元。

☞ 報名費：7 萬元

④ 可透過網路預約。

☞ 預約相關事項顯示為「電話」。

答案：④

語彙

기차	타다	눈꽃	축제	오전	참가비	예약	여행사
火車	搭乘	雪花	慶典	上午	報名費	預約	旅行社

다음을 읽고 맞지 않는 것을 고르십시오.

我們一起搭火車去看雪花祭典吧！

- 時間和日期：12 月 25 日〈星期日〉上午 10 點
- 地點：清涼里站
- 報名費：70000 韓元
- 預約：02）888-7788〈11 月 5 日下午 5 點為止〉

首爾旅行社

기차를 타고 눈꽃 축제에 갑시다!

- 날짜 :   12월 25일(일) 오전 10시
- 장소 :   청량리역
- **참가비** : 7만 원
- 예약 :   02) 888-7788 (11월 5일 오후 5시까지)

서울 여행사

① 참가 예약은 한 달 전에 시작합니다.
② 기차를 타고 눈꽃 축제에 갑니다.
③ 축제에 가려면 7만 원을 내야 합니다.
④ 예약은 인터넷으로 할 수 있습니다.

다음을 읽고 맞지 않는 것을 고르십시오.

10월 한국문화교실

시간	토요일, 일요일
10 : 00 ~ 12 : 00	김치 만들기
14 : 00 ~ 16 : 00	한복 체험
18 : 00 ~ 20 : 00	태권도

① 한국문화교실은 주말에만 합니다.
② 김치 만들기는 오전에 합니다.
③ 한복 체험은 세 시에 시작합니다.
④ 태권도는 오후 6시에 시작합니다.

公式

실용문에 나타난 단어, 숫자를 파악하고 선택지의 문장과 비교하세요.

掌握應用文中出現的詞彙、數字後和選項的句子比較。

10월 한국문화교실
10 月韓國文化教室

시간 時間	토요일, 일요일 星期六、星期日
10 : 00 ~ 12 : 00	김치 만들기 製作泡菜
14 : 00 ~ 16 : 00	한복 체험 韓服體驗
18 : 00 ~ 20 : 00	태권도 跆拳道

① 韓國文化教室只有週末時開放。
　☛ 星期六、星期日
② 製作泡菜是在上午。
　☛ 10：00 ～ 12：00
③ 韓服體驗三點開始。
　☛ 14 點到 16 點之間可進行韓服體驗。
④ 跆拳道下午 6 點開始。
　☛ 18：00 ～ 20：00

答案：③

語彙

문화	김치	만들기	한복	체험	태권도
文化	泡菜	製作	韓服	體驗	跆拳道

다음을 읽고 맞지 않는 것을 고르십시오.

서울빌딩 안내도	
4층	카페
3층	병원
2층	서점
1층	슈퍼마켓
지하 1층	주차장

① 서울 빌딩에는 차를 주차할 수 있습니다.　② 우유와 과자는 1층에서 살 수 있습니다.

③ 책은 2층에서 살 수 있습니다.　④ 간호사는 4층에서 일합니다.

公 式

실용문에 나타난 단어, 숫자를 파악하고 선택지의 문장과 비교하세요.

掌握應用文中出現的詞彙、數字後和選項的句子比較。

서울빌딩 안내도
首爾大廈導覽圖

4층 4 樓	카페 咖啡廳	
3층 3 樓	병원 醫院	⇨ 간호사 / 일하다 護理師 / 工作
2층 2 樓	서점 書店	⇨ 책 書
1층 1 樓	슈퍼마켓 超市	⇨ 우유와 과자 牛奶與餅乾
지하 1층 地下 1 樓	주차장 停車場	⇨ 차 / 주차 車 / 停車

① 首爾大樓可停車。

☛ 地下1樓：停車場

② 在 1 樓可購買牛奶和餅乾。

☛ 1樓：超市

③ 在 2 樓可購買書。

☛ 2樓：書店

④ 護理師在 4 樓工作。

☛ 護理師在醫院工作，所以是在 3 樓工作。

答案：④

語彙

안내도	층	주차장	슈퍼마켓	서점
導覽圖	樓	停車場	超市	書店

병원	카페
醫院	咖啡廳

選擇和內容相同的選項

'내용과 같은 것 고르기' 유형입니다.

각 문장들은 서로 관련이 있는 내용입니다. 이 문장들을 읽고 글의 세부 내용과 같은 것을
선택지에서 고르는 문제입니다.

這是「選擇相同內容」的題型。

每個句子都是互相有關聯的內容，閱讀完句子後，選出和細節相同的選項。

解題
技巧

1. 먼저 세 개의 짧은 문장을 읽으세요.

2. 각 문장에 등장하는 핵심어에 밑줄하세요.

3. 문장에서 밑줄 한 내용을 선택지에서 확인하세요.

4. 각 문장의 내용과 같은 선택지를 선택하세요.

1. 先閱讀所有的短句。

2. 在各個句子的關鍵字底下畫線。

3. 檢查選項是否為句子中畫底線的內容。

4. 請選出和各句子內容相符的選項。

選擇和內容相同的選項

다음의 내용과 같은 것을 고르십시오.

> 오늘은 동생의 생일입니다. 그래서 가족과 함께 식당에 가서 식사를 했습니다. 저는 동생에게 책을 사 주었습니다.

① 동생은 생일 선물을 받았습니다.
② 동생은 오늘 책을 샀습니다.
③ 저는 친구들과 식당에 갔습니다.
④ 저는 쇼핑하고 가족과 식사를 했습니다.

公式

선택지는 문장의 내용을 재구성한 것이므로 문장에 나타난 핵심어를 선택지의 문장과 비교하세요.

選項是重組句子的內容，因此請比較句子中出現的關鍵字和選項的句子。

각 문장	시간	장소	사람	물건	행위	이유	느낌
各個句子	時間	場所	人	物品	行為	理由	感覺

答案

今天是弟弟的生日，所以我們和家人一起去餐廳吃飯，我買了一本書送給弟弟。

☛ 弟弟收到了生日禮物。

答案：①

語彙

동생	생일	그래서	가족	함께	식당	사다	주다
弟弟	生日	所以	家人	一起	餐廳	買	給

다음을 듣고 물음에 맞는 대답을 고르십시오.

> 오늘은 동생의 생일입니다. 그래서 가족과 함께 식당에 가서 식사를 했습니다. 저는 동생에게 책을 사 주었습니다.
>
> 今天是弟弟的生日，所以我們和家人一起去餐廳吃飯，我買了一本書送給弟弟。

각 문장 各個句子	시간 時間	장소 場所	사람 人	물건 物品	행위 行為	이유 理由
문장 1	오늘은		동생의			생일입니다.
문장 2		식당에	가족과	식사를	가서 했습니다.	
문장 3			저는 동생에게	책을	사 주었습니다.	

① 동생은 생일 선물을 받았습니다.　弟弟收到了生日禮物。

② 동생은 오늘 책을 샀습니다.　弟弟今天買了書。
　👉 저는 我

③ 저는 친구들과 식당에 갔습니다.　我和朋友一起去餐廳。
　👉 가족 家人

④ 저는 쇼핑하고 가족과 식사를 했습니다.　我逛完街就和家人一起去吃飯。
　👉 알 수 없는 내용입니다. 這是未知的內容。

Tip

각 문장의 세부 내용을 정리하세요. 각 문장에서 시간, 장소, 사람, 물건, 행위, 이유, 느낌을 확인하세요.

請彙整各句子的詳細內容，檢查句子中的時間、場所、人物、物品、行為、理由、感覺等的詞彙。

다음의 내용과 같은 것을 고르십시오.

저는 주말에 친구들과 산에 갑니다. 친구들과 이야기도 하고 김밥도 먹습니다. 그러면 기분이 좋고 즐겁습니다.

① 저는 친구들과 산에 자주 갑니다.
② 저는 기분이 좋을 때 산에 갑니다.
③ 저는 산에서 혼자 김밥을 먹습니다.
④ 친구들과 산에 가면 즐겁습니다.

公 式

선택지는 문장의 내용을 재구성한 것이므로 문장에 나타난 핵심어를 선택지의 문장과 비교하세요.

選項是重組句子的內容，因此請比較句子中出現的關鍵字和選項的句子。

각 문장	시간	장소	사람	물건	행위	느낌
各個句子	時間	場所	人	物品	行為	感覺
문장 1	주말에	산에	저는 / 친구들과		갑니다.	
문장 2			친구들과	김밥도	먹습니다.	
					이야기도 하고	
문장 3						기분이 좋고
						즐겁습니다.

① 저는 친구들과 산에 자주 갑니다 . 我經常和朋友一起去爬山。
　　☞ 週末

② 저는 기분이 좋을 때 산에 갑니다 . 我心情好時會去爬山。
　　☞ 只要去山上，心情就會很好。

③ 저는 산에서 혼자 김밥을 먹습니다 . 我獨自一個人在山上吃飯捲。
　　☞ 和朋友

④ 친구들과 산에 가면 즐겁습니다 . 和朋友一起去爬山我都覺得很開心。
　　☞ 我週末和朋友一起去山上，和朋友一起聊天，也一起吃了飯捲，心情真的很愉快。

주말	산	친구	이야기	김밥
週末	山	朋友	說話	飯捲

그러면	기분	좋다	즐겁다
如此一來	心情	好	愉快

다음의 내용과 같은 것을 고르십시오.

저는 어제 영화를 봤습니다. 그 영화가 재미있어서 동생에게 표 두 장을 사 주었습니다.
동생은 내일 여자 친구와 영화를 보러 갈 겁니다.

① 동생은 영화표를 샀습니다.
② 어제 내가 본 영화는 재미있었습니다.
③ 나는 내일 영화를 볼 것입니다.
④ 저는 여자 친구가 있습니다.

公 式

선택지는 문장의 내용을 재구성한 것이므로 문장에 나타난 핵심어를 선택지의 문장과 비
교하세요.

選項是重組句子的內容，因此請比較句子中出現的關鍵字和選項的句子。

각 문장	시간	사람	물건	행위	이유
各個句子	時間	人	物品	行為	理由
문장 1	어제	저는	영화를	봤습니다.	
문장 2			그 영화가		재미있어서
		동생에게	표 두 장을	사 주었습니다.	
문장 3	내일	동생은	영화를	보러 갈 겁니다.	
		여자 친구와			

① 동생은 영화표를 샀습니다.　弟弟買了電影票。
　👉 我

② 어제 내가 본 영화는 재미있었습니다.　昨天我看的電影很有趣。
　👉 那部電影很有趣，我買了兩張票給弟弟。

③ 나는 내일 영화를 볼 것입니다.　我明天要看電影。
　👉 弟弟

④ 저는 여자 친구가 있습니다.　我有女朋友。
　👉 弟弟

答案：②

語彙

영화	보다	재미있다	표	여자 친구
電影	看	有趣	票	女朋友

選擇重點想法

'중심 생각 고르기' 유형입니다.
세 개의 짧은 문장을 읽고 선택지에서 중심 생각을 고르는 문제입니다.

這是「選擇重點想法」的題型，看過三個短句後在選項中選出重點想法。

解題
技巧

1. 선택지를 읽으세요.

2. 세 문장을 읽고 핵심어를 확인하세요.

3. 문장들의 의미를 이해하고 전체 문장들의 내용을 파악하세요.

4. 중심 생각을 결정하고 정답을 고르세요.

1. 閱讀選項。

2. 看過三個句子後確認其中的關鍵字。

3. 理解句子的意思和掌握全部句子的內容。

4. 決定重點想法後選出正確答案。

다음을 읽고 중심 생각을 고르십시오.

> 저는 어제 학교 근처로 이사를 했습니다. 친구들이 이사를 도와주었습니다. 그래서 친구들에게 점심을 사 주었습니다.

① 저는 친구들과 점심을 먹었습니다.   ② 저는 친구들과 이사를 했습니다.

③ 저는 친구들이 고마웠습니다.   ④ 저는 학교 근처로 이사했습니다.

公式

세 문장들은 하나의 주제를 설명합니다. 이 문장들을 중심 내용과 세부 내용으로 나눠보세요. 세 문장 전체를 요약한 것이 중심 생각입니다. 세부 내용만 설명한 것과 새로운 정보는 정답이 아닙니다.

三個句子說明一個主題，試著把這些句子區分為重點內容與詳細內容。

三個句子的概要就是重點想法，只有說明詳細內容和新資訊的選項都不是正確答案。

答案

① 和朋友們一起吃了午餐。

② 我和朋友們一起搬家。

③ 我很感謝朋友們。

    ☞ 由於是朋友們幫助搬家，所以請吃午餐，是向朋友們表達謝意。

④ 我搬到學校附近了。

答案：③

語彙

근처	이사	친구	도와주다	점심
附近	搬家	朋友	幫助	午餐

다음을 듣고 물음에 맞는 대답을 고르십시오.

> 저는 어제 학교 근처로 이사를 했습니다.
> 昨天我搬到學校附近了，
> 친구들이 이사를 도와주었습니다.
> 朋友們來幫我搬家，
> 그래서 친구들에게 점심을 사 주었습니다.
> 所以我請了朋友們吃午餐。

저는 어제 학교 근처로 이사를 했습니다.
친구들이 이사를 도와주었습니다.
그래서 친구들에게 점심을 사 주었습니다.

저는 어제 학교 근처로 이사를 했습니다.	⇨ 중심 내용 重點內容	중심 생각 重點想法
친구들이 이사를 도와주었습니다.		
그래서 친구들에게 점심을 사 주었습니다.	세부 내용 詳細內容	

① 저는 친구들과 점심을 먹었습니다.
　☛ 詳細內容
② 저는 친구들과 이사를 했습니다.
　☛ 詳細內容
③ 저는 친구들이 고마웠습니다.
　☛ 重點內容
　　重點想法
④ 저는 학교 근처로 이사했습니다.
　☛ 詳細內容

다음을 읽고 중심 생각을 고르십시오.

> 저는 한옥에 관심이 많습니다. 오래된 전통 한옥의 멋과 분위기를 좋아합니다. 그래서 주말에는 한옥 마을에 갑니다.

① 저는 한옥의 멋을 좋아합니다.
② 저는 전통 한옥을 좋아합니다.
③ 저는 주말에 한옥 마을에 갑니다.
④ 저는 한옥의 분위기를 좋아합니다.

公式

세 문장들은 하나의 주제를 설명합니다. 이 문장들을 중심 내용과 세부 내용으로 나눠보세요. 세 문장 전체를 요약한 것이 중심 생각입니다. 세부 내용만 설명한 것과 새로운 정보는 정답이 아닙니다.

三個句子說明一個主題，試著把這些句子區分為重點內容與詳細內容。
三個句子的概要就是重點想法，只有說明詳細內容和新資訊的選項都不是正確答案。

저는 한옥에 관심이 많습니다. 我對韓屋非常感興趣。	중심 내용 重點內容	
오래된 전통 한옥의 멋과 분위기를 좋아합니다. 我喜歡歷史悠久的傳統韓屋的風韻和氛圍。 ⇨	세부 내용 詳細內容	중심 생각 重點想法
그래서 주말에는 한옥 마을에 갑니다. 所以週末我要去韓屋村。	세부 내용 詳細內容	

① 저는 한옥의 멋을 좋아합니다.

☞ 詳細內容

② 저는 전통 한옥을 좋아합니다.

☞ 因為對韓屋感興趣，喜歡韓屋的風韻與氛圍，所以喜歡傳統的韓屋。

③ 저는 주말에 한옥 마을에 갑니다.

☞ 詳細內容

④ 저는 한옥의 분위기를 좋아합니다.

☞ 詳細內容

答案：②

語彙

한옥	관심	많다	오래되다	전통
韓屋	關心	多	時間悠久	傳統

멋	분위기	그래서	마을	
風韻	氛圍	所以	村莊	

다음을 읽고 중심 생각을 고르십시오.

> 저는 사진 찍기가 취미입니다. 산과 바다에 가서 아름다운 풍경을 찍습니다. 이번 주 주말에는 친구들과 남산에 갑니다.

① 저는 사진을 배웁니다.
② 저는 산과 바다의 풍경을 찍습니다.
③ 저는 친구들과 남산에 갑니다.
④ 저는 사진 찍기를 좋아합니다.

公 式

세 문장들은 하나의 주제를 설명합니다. 이 문장들을 중심 내용과 세부 내용으로 나눠보세요. 세 문장 전체를 요약한 것이 중심 생각입니다. 세부 내용만 설명한 것과 새로운 정보는 정답이 아닙니다.

三個句子說明一個主題，試著把這些句子區分為重點內容與詳細內容。

三個句子的概要就是重點想法，只有說明詳細內容和新資料的選項都不是正確答案。

저는 사진 찍기가 취미입니다. 拍照是我的興趣。	중심 내용 重點內容	
산과 바다에 가서 아름다운 풍경을 찍습니다. 去山上和海邊拍攝美麗的風景。 ⇨	세부 내용 詳細內容	중심 생각 重點想法
이번 주 주말에는 친구들과 남산에 갑니다. 這週末我和朋友去南山。	세부 내용 詳細內容	

① 저는 사진을 배웁니다.

　　☛ 與這個文章無關的內容

② 저는 산과 바다의 풍경을 찍습니다.

　　☛ 詳細內容

③ 저는 친구들과 남산에 갑니다.

　　☛ 詳細內容

④ 저는 사진 찍기를 좋아합니다.

　　☛ 拍照是興趣，會去山上和海邊拍攝美麗的風景，這個週末要去南山，所以喜歡攝影是重點。

答案：④

語彙

사진	찍다	취미	아름답다	풍경	이번 주
照片	拍	興趣	美麗	風景	這星期

閱讀文章後回答問題（1）

'지문을 읽고 두 문제에 답하기' 유형입니다.
긴 지문을 읽고 지문의 세부 내용을 묻는 두 문제에 답하는 문제입니다.

這是「閱讀本文後回答兩個問題」的題型，閱讀長文後，回答有關對話細節的兩個問題。

1. 지문을 읽기 전에 문제와 선택지를 읽으세요.

    (1) 문제를 읽고 유형을 확인하세요. 187쪽을 확인하세요.
    각 지문은 두 개의 문제로 이루어집니다.
    '빈칸에 들어갈 어구 고르기' 와 '세부 내용 파악하기' 또는
    '화제 파악하기' 입니다.

    (2) 선택지를 읽고 명사, 동사, 형용사, 부사에 밑줄하세요.

2. 전체 지문을 읽고 핵심어에 밑줄 하세요.

    (1) 이 유형의 일부 문제에서는 선택지에서 밑줄 한 정보가 지문에서 다른 말로 표현될
    수 있습니다. 따라서 동의어나 다른 말로 바꾸어 표현한 것을 잘 읽어야 합니다. 지
    문을 읽을 때에는 같은 의미로 쓰인 다른 단어나 표현에 주의하세요.

    (2) 선택지에서 밑줄 한 핵심 단어를 자세하게 표현한 정보에 주의하세요.

    (3) 접속부사나 한국어 문법을 이용하여 구체적인 정보를 확인하세요.

3. 선택지에서 정답을 선택하세요.

1. 閱讀本文前請先瀏覽題目與選項。

(1) 閱讀問題並確認問題的題型，請參考下方說明。

每個本文共有兩個問題，分別是「選擇填入空格的語句」、「掌握詳細內容」或是「掌握話題」。

(2) 閱讀選項後，在名詞、動詞、形容詞、副詞底下畫底線。

2. 閱讀本文後在關鍵字底下畫底線。

(1) 在此一類型的部分問題中，選項畫底線的資訊在本文中可能會使用其他方式表達，因此需要仔細閱讀同義詞或換成其他詞彙表達的部分。

(2) 確認選項中的關鍵字，注意詳細的資訊內容。

(3) 利用連接副詞與韓語文法確認具體的資訊。

3. 在選項中找出正確答案。

문제 유형 問題類型	
문제 1 問題1	문제 2 問題 2
빈칸에 들어갈 어구 고르기 選擇填入空格的語句 (1) 문법　韓語文法 (2) 접속부사　連接副詞 (3) 부사　副詞	세부 내용 파악하기 掌握詳細內容
화제 파악하기 理解主題	

다음을 읽고 물음에 답하십시오.

> 우리 동네에는 전통 시장이 있습니다. 저는 매주 일요일에 전통 시장에 갑니다. 그곳에
> 가면 신선한 과일과 채소를 싸게 살 수 있고 다양한 물건도 구경할 수 있습니다. 또 손
> 님을 (㉠) 이웃이라는 느낌이 듭니다. 그래서 저는 앞으로 전통 시장에 자주 갈 것입
> 니다.

문제 1. ㉠에 들어갈 알맞은 말을 고르십시오.

① 편하게 해 주어서　　　　　　② 지루하게 해 주어서

③ 피곤하게 해 주어서　　　　　　④ 화려하게 해 주어서

문제 2. 이 글의 내용과 같은 것을 고르십시오.

① 우리 동네에는 전통 시장이 많습니다.　② 저는 매일 전통 시장에 갑니다.

③ 전통 시장의 과일과 채소는 쌉니다.　④ 전통 시장은 물건이 다양하지 않습니다.

公 式

1. 한국어 문법 이용하기　使用韓語語法

   빈칸 앞뒤의 문장을 읽고 빈칸에 들어갈 내용을 찾으세요.

   한국어 문법을 이용하세요. 218쪽을 참고하세요.

   閱讀空格前後的句子，找出可填入的內容。可參考第 218 頁的韓語語法。

2. 세부 내용 파악하기　掌握詳細內容

   (1)　지문에 직접 제시된 사실 정보를 확인하고 선택지를 확인하세요.

   (1)　確認本文中提到的事實和選項。

   (2)　세부 내용에 대한 잘못된 정보나 새로운 정보는 지우세요.

   (2)　請刪除錯誤的資訊和新的資訊。

문제 1. ㉠에 들어갈 알맞은 말을 고르십시오.

① 편하게 해 주어서　讓人感到舒適

② 지루하게 해 주어서　讓人感到枯燥乏味

③ 피곤하게 해 주어서　讓人感到疲憊

④ 화려하게 해 주어서　讓其多采多姿

☞「讓人感到舒適」是原因和理由，有鄰居的感覺則是結果。因此，前面利用代表原因或理由的「—어서」的「因為讓人覺得舒適」是正確答案。

答案：①

문제 2. 이 글의 내용과 같은 것을 고르십시오.

① 우리 동네에는 전통 시장이 많습니다.　我們社區有許多傳統市場。

　　☞有

② 저는 매일 전통 시장에 갑니다.　我每天都會去傳統市場。

　　☞每星期日

③ 전통 시장의 과일과 채소는 쌉니다.　我買傳統市場的水果與蔬菜。

　　☞「能便宜買到新鮮水果和蔬菜」的部分是提示。

④ 전통 시장은 물건이 다양하지 않습니다.　傳統市場的物品並不多樣化。

　　☞多樣化

答案：③

語彙

우리	동네	전통	시장	매주	신선하다
我們	社區	傳統	市場	每星期	新鮮
과일	채소	싸다	다양하다	구경하다	물건
水果	蔬菜	便宜	多樣化	觀賞	物品
손님	편하다	이웃	느낌	앞으로	자주
客人	舒適	鄰居	感覺	往後	經常

㉠에 들어갈 알맞은 말을 고르십시오.

我住的附近有傳統市場，每個星期天我都會去該傳統市場，在那邊可以買到便宜又新鮮的水果和蔬菜，還可以看到各式各樣的物品。攤販對待客人的方式就和鄰居沒兩樣，讓人覺得很舒適。所以我以後也會經常去傳統市場。

우리 동네에는 전통 시장이 있습니다. 저는 매주 일요일에 전통 시장에 갑니다. 그곳에 가면 신선한 과일과 채소를 싸게 살 수 있고 다양한 물건도 구경할 수 있습니다. 또 손님을 (㉠) 이웃이라는 느낌이 듭니다. 그래서 저는 앞으로 전통 시장에 자주 갈 것입니다.

앞 내용 前面的內容	–아서, –어서, –여서	뒤 내용 後面的內容
앞의 내용이 원인 또는 이유임을 표시한다. 表示前面內容是原因或理由。		

① 편하게 해 주어서
② 지루하게 해 주어서
③ 피곤하게 해 주어서
④ 화려하게 해 주어서

이 글의 내용과 같은 것을 고르십시오.

我住的附近有傳統市場，每個星期天我都會去該傳統市場，在那邊可以買到便宜又新鮮的水果和蔬菜，還可以看到各式各樣的物品。攤販對待客人的方式就和鄰居沒兩樣，讓人覺得很舒適。所以我以後也會經常去傳統市場。

우리 동네에는 전통 시장이 있습니다. 저는 매주 일요일에 전통 시장에 갑니다. 이곳에 가면 신선한 과일과 채소를 싸게 살 수 있고 다양한 물건도 구경할 수 있습니다. 또 손님을 편하게 해 주어서 이웃이라는 느낌이 듭니다. 그래서 저는 앞으로 전통 시장에 자주 갈 것입니다.

지문의 내용 本文的內容	⇨	선택지의 내용 選項的內容

① 우리 동네에는 전통 시장이 ~~많습니다~~.

☛ 我們這附近有傳統市場。

② 저는 ~~매일~~ 전통 시장에 갑니다.

☛ 我每個星期天都會去傳統市場。

③ 전통 시장의 과일과 채소는 쌉니다

☛ 可以便宜購買水果和蔬菜

④ 전통 시장은 물건이 다양하지 ~~않습니다~~.

☛ 去那邊可以買到各式各樣的物品。

㉠에 들어갈 알맞은 말을 고르십시오.

편의점은 다양한 물건을 파는 곳입니다. 편의점은 슈퍼마켓보다 상품 가격이 조금 더 비쌉니다. 하지만 늦은 시간에도 이용할 수 있어서 편리합니다. 그리고 편의점에서는 약을 살 수 있습니다. 늦은 밤에 갑자기 아파서 약이 필요할 때 (㉠) 안전하게 약을 살 수 있습니다.

① 편의점에 가면　　　　　　　　② 편의점에 가고

③ 편의점에 가지만　　　　　　　④ 편의점에 가니까

公 式

빈칸 앞뒤의 문장을 읽고 빈칸에 들어갈 내용을 찾으세요.

閱讀空格前後的句子，找出可填入的內容。

便利商店是販售各種物品的地方，便利商店的商品比超市稍微貴一點，但就算是深夜也有營業，因此相當方便。而且在便利商店還能購買藥品，深夜突然不舒服需要藥品時也能安全購買藥品。

앞 내용 前面的內容	빈칸 空格	뒤 내용 後面的內容

答 案

① 待補　　　　　　　　　　　② 待補

③ 待補　　　　　　　　　　　④ 待補

그리고 편의점에서는 약을 살 수 있습니다. 늦은 밤에 갑자기 아파서 약이 필요할 때 (㉠) 안전하게 약을 살 수 있습니다.

而且在便利商店還能購買藥品，深夜突然不舒服需要藥品時也能安全購買藥品。

☛ 由於前面的內容是條件，使用「–(으)면」的「如果去便利商店」是正確答案。

–(으)면 : 앞의 내용이 조건임을 표시한다.

表示前面內容是條件。

答案 : ①

편의점	팔다	슈퍼마켓	보다	상품	가격
便利商店	賣	超市	看	商品	價格

조금	더	늦다	이용하다	편리하다
些許	更	晚	使用	方便

이 글의 내용과 같은 것을 고르십시오.

> 편의점은 다양한 물건을 파는 곳입니다. 편의점은 슈퍼마켓보다 상품 가격이 조금 더 비쌉니다. 하지만 늦은 시간에도 이용할 수 있어서 편리합니다. 그리고 편의점에서는 약을 살 수 있습니다. 늦은 밤에 갑자기 아파서 약이 필요할 때 (㉠) 안전하게 약을 살 수 있습니다.

① 편의점은 슈퍼마켓보다 상품 가격이 쌉니다.
② 슈퍼마켓은 늦은 시간에도 이용할 수 있습니다.
③ 늦은 시간에는 편의점에서 약을 살 수 있습니다.
④ 편의점은 저녁 9시에 닫습니다.

公 式

1. 지문에 직접 제시된 사실 정보를 확인하고 선택지를 확인하세요.

1. 確認本文提到的事實與選項。

2. 세부 내용에 대한 잘못된 정보나 새로운 정보는 지우세요.

2. 刪除錯誤的資訊或新的資訊。

便利商店是販售各種物品的地方，便利商店的商品比超市稍微貴一點，但就算是深夜也有營業，因此相當方便。而且在便利商店還能購買藥品，深夜突然不舒服需要藥品時也能安全購買藥品。

지문의 내용 本文的內容	⇨	선택지의 내용 選項的內容

① 편의점은 슈퍼마켓보다 상품 가격이 쌉니다.　便利商店的商品價格比超市便宜。

   ☛ 昂貴

② ~~슈퍼마켓~~은 늦은 시간에도 이용할 수 있습니다.　超市營業到深夜。

   ☛ 便利商店

③ 늦은 시간에는 편의점에서 약을 살 수 있습니다.　深夜也能在便利商店購買藥品。

   ☛ 便利商店一直到深夜也有營業，而且可以購買藥物。

④ 편의점은 ~~저녁 9시에 닫습니다~~.　便利商店晚上9點關門。

   ☛ 因為營業到深夜

答案：①

편의점	팔다	슈퍼마켓	보다	상품	가격
便利商店	賣	超市	看	商品	價格

조금	더	늦다	이용하다	편리하다
些許	更	晚	使用	便利

㉠에 들어갈 알맞은 말을 고르십시오.

> 자전거를 타고 작은 섬들을 여행하는 '작은 섬 여행'이 있습니다. '작은 섬 여행'은 섬들의 바닷가 옆 도로를 자전거로 달리면서 푸른 바다를 만나는 여행입니다. 모두 세 개의 (㉠) 각각의 섬에서는 다양한 대회도 함께 열립니다. 첫 번째 섬에서는 낚시 대회가 열리고 두 번째 섬에서는 요리 대회가 열립니다. 그리고 마지막 섬에서는 노래 대회가 열립니다.

① 섬을 여행하면   ② 섬을 여행하고

③ 섬을 여행하는데   ④ 섬을 여행해서

公式

빈칸 앞뒤의 문장을 읽고 빈칸에 들어갈 내용을 찾으세요.

閱讀空格前後的句子，找出可填入的內容。

有騎乘腳踏車參觀小島的「小島旅遊」，「小島旅遊」是在島嶼海邊旁的道路騎乘小踏車奔馳且欣賞蔚藍海洋的旅行。在總共三個（㉠）的島嶼也會舉辦各種比賽。在第一個島嶼舉辦釣魚大賽，第二個島嶼則舉辦料理大賽，最後一個島嶼則是歌唱大賽。

앞 내용 前面的內容	빈칸 空格	뒤 내용 後面的內容

① 前往島嶼旅行的話　　　　② 在島嶼旅行後

③ 在島嶼旅行　　　　　　　④ 前往島嶼旅行

「小島旅遊」是在島嶼海邊旁的道路騎乘小踏車奔馳且欣賞蔚藍海洋的旅行。在總共三個（ ㉠ ）的島嶼也會舉辦各種比賽。

'작은 섬 여행'은 섬들의 바닷가 옆 도로를 자전거로 달리면서 푸른 바다를 만나는 여행입니다. 모두 세 개의 (㉠) 각각의 섬에서는 다양한 대회도 함께 열립니다.

☛ 由於前面句子是後面句子的背景，使用「- 는데」的「去島嶼旅行」為正確答案。

– 는데 : 앞 문장은 뒤 문장의 배경을 의미한다.

前面句子代表後面句子的背景。

答案：③

자전거	타다	섬	여행	도로	푸르다
自行車	搭乘	島嶼	旅行	道路	青綠色

각각	다양하다	대회	열리다	낚시
各自	多元化	對話	開啟	釣魚

이 글의 내용과 같은 것을 고르십시오.

자전거를 타고 작은 섬들을 여행하는 '작은 섬 여행'이 있습니다. '작은 섬 여행'은 섬들의 바닷가 옆 도로를 자전거로 달리면서 푸른 바다를 만나는 여행입니다. 모두 세 개의 (㉠) 각각의 섬에서는 다양한 대회도 함께 열립니다. 첫 번째 섬에서는 낚시 대회가 열리고 두 번째 섬에서는 요리 대회가 열립니다. 그리고 마지막 섬에서는 노래 대회가 열립니다.

① 자전거로 큰 섬을 여행합니다.　　② 자전거로 바닷가 옆 도로를 달립니다.
③ 낚시 대회는 요리 대회보다 늦게 열립니다. ④ 마지막 섬에서는 낚시 대회가 열립니다.

公式

1. 지문에 직접 제시된 사실 정보를 확인하고 선택지를 확인하세요.

1. 確認本文提到的事實與選項。

2. 세부 내용에 대한 잘못된 정보나 새로운 정보는 지우세요.

2. 刪除錯誤的資訊或新的資訊。

지문의 내용 本文的內容	⇨	선택지의 내용 選項的內容

答案

① 자전거로 큰 섬을 여행합니다.　騎乘腳踏車在大島嶼旅行。
　☞ 섬 小島

② 자전거로 바닷가 옆 도로를 달립니다.　騎乘腳踏車奔馳於海邊旁的道路。
　☞ 是騎自行車在海邊旁的道路奔馳且欣賞蔚藍大海的旅行。

③ 낚시 대회는 요리 대회보다 늦게 열립니다.　釣魚大賽比料理大賽更晚舉辦。
　☞ 先

④ 마지막 섬에서는 낚시 대회가 열립니다.　在最後一座島嶼舉辦釣魚大賽。
　☞ 歌唱

答案：②

자전거	타다	섬	여행	도로	푸르다
自行車	騎乘	島嶼	旅行	道路	青綠色

각각	다양하다	대회	열리다	낚시
各自	多元化	比賽	開啟	釣魚

다음을 읽고 물음에 답하십시오.

> 더운 여름 날 고궁이나 명동 거리 등을 다니는 것은 쉽지 않습니다. (㉠) 서울에는 시원하게 휴가를 즐길 수 있는 곳들이 있습니다. 낮에는 시원한 미술관이나 박물관에서 시간을 보내고 밤에는 한강에서 시원하게 맥주를 마실 수 있습니다. 서울은 낮에도 밤에도 심심하지 않습니다.

㉠에 들어갈 알맞은 말을 고르십시오.

① 하지만 ② 그래서
③ 그러면 ④ 그리고

公式

빈칸 앞뒤의 문장을 읽고 빈칸에 들어갈 적절한 접속부사를 찾으세요. 221쪽을 참고하세요.

閱讀空格前後的句子，找出適合填入空格的連接詞，請參考221頁。

答案

더운 여름 날 고궁이나 명동 거리 등을 다니는 것은 쉽지 않습니다. (㉠) 서울에는 시원하게 휴가를 즐길 수 있는 곳들이 있습니다.

☞ 因為一方面承認在炎熱夏天去戶外觀光地不簡單，另一方面則說能避暑和享受愉快的假期，因此「但是」是正確答案。

하지만 : 앞의 내용을 인정하면서 반대 관계임을 표시한다.
它代表認同前面的內容，同時也表示相反的關係。

答案：①

語彙

덥다	고궁	거리	다니다	쉽다	시원하다	휴가
熱	故宮	街道	往返	簡單	清爽	休假
즐기다	미술관	박물관	시간	보내다	맥주	심심하다
享受	美術館	博物館	時間	寄送	啤酒	無聊

㉠에 들어갈 알맞은 말을 고르십시오.

> 炎熱的夏天要參觀故宮或去明洞逛街並非容易的事，不過首爾有不少地方可以讓人享受清爽的假期。白天可以去涼爽的美術館或博物館打發時間，晚上可以在漢江喝涼爽的啤酒。所以在首爾時無論晝夜都不會無聊。

> 더운 여름 날 고궁이나 명동 거리 등을 다니는 것은 쉽지 않습니다. (㉠) 서울에는 시원하게 휴가를 즐길 수 있는 곳들이 있습니다. 낮에는 시원한 미술관이나 박물관에서 시간을 보내고 밤에는 한강에서 시원하게 맥주를 마실 수 있습니다. 서울은 낮에도 밤에도 심심하지 않습니다.

앞 문장과 뒤 문장이 반대 관계임을 의미한다.
表示前面句子和後面句子是相反關係。

지문의 내용 本文的內容	접속부사 連接副詞	선택지의 내용 選項的內容

① 하지만　　　② 그래서　　　③ 그러면　　　④ 그리고

⊙에 들어갈 알맞은 말을 고르십시오.

수영은 나이에 관계없이 누구나 즐길 수 있는 운동입니다. (⊙) 수영은 날씨와 관계없이 항상 할 수 있는 운동입니다. 그래서 저는 퇴근하고 집 근처에 있는 수영장에 갑니다. 퇴근 후에 수영을 하면 스트레스도 없어지고 기분이 좋습니다. 그런데 수영을 하기 전에는 반드시 준비 운동을 해야 합니다. 왜냐하면 갑자기 물에 들어가면 심장에 나쁘기 때문입니다.

① 하지만   ② 그래서

③ 그리고   ④ 그러니까

公式

빈칸 앞뒤의 문장을 읽고 빈칸에 들어갈 적절한 접속부사를 찾으세요.

閱讀空格前後的句子，找出適合填入空格的連接副詞。

游泳與年紀無關，是一項任何人皆能享受的運動，(⊙) 游泳同時也是與氣候無關且隨時都能進行的運動。所以我下班後會去家裡附近的游泳池，下班後游泳可消除壓力，心情也會變好。不過游泳前一定要進行暖身運動，因為突然泡進水中會對心臟造成不良的影響。

앞 내용 前面的內容	접속부사 連接副詞	뒤 내용 後面的內容

① 但是　　　　　　　　② 所以

③ 而且　　　　　　　　④ 因為

游泳與年紀無關，是一項任何人皆能享受的運動，(㉠) 游泳同時也是與氣候無關且隨時都能進行的運動。

수영은 나이에 관계없이 누구나 즐길 수 있는 운동입니다. (㉠) 수영은 날씨와 관계없이 항 상 할 수 있는 운동입니다.

☞ 內容說游泳是每個人都能享受的運動，不會受氣候影響且是隨時都能進行的運動。由於是對等連接，所以「그리고〈以及〉」是正確答案。

答案：③

그리고 : 단어, 구, 절, 문장을 병렬적으로 연결할 때 사용합니다.

對等連接單字、短語、子句或句子時使用。

語彙

수영	나이	관계	누구나	즐기다	항상
游泳	年齡	關係	任何人	享受	一直

퇴근하다	스트레스	기분	반드시	준비
下班	壓力	心情	一定	準備

갑자기	들어가다	심장
突然	進去	心臟

⊙에 들어갈 알맞은 말을 고르십시오.

한복은 명절이나 특별한 날에 입는 옷이어서 불편하다고 생각합니다. 하지만 편하게 입을 수 있는 한복도 많습니다. (⊙) 최근에는 외국인 관광객과 젊은 사람들에게 한복의 인기가 높습니다. 특히 경복궁에 가면 아름다운 한복을 입고 산책하는 외국인이 많습니다.

① 하지만 但是

② 그래서 所以

③ 그리고 另外

④ 그런데 不過

公式

빈칸 앞뒤의 문장을 읽고 빈칸에 들어갈 적절한 접속부사를 찾으세요.

閱讀空格前後的句子，找出適合填入空格的連接副詞。

韓服是節日或特殊日子時穿的衣服，讓人覺得相當不方便，但也有許多穿起來相當舒適的韓服。(⊙) 近來韓服深受外國觀光客與年輕人的歡迎，特別是去參觀景福宮時有許多外國人都會穿著美麗的韓服散步。

앞 내용 前面的內容	접속부사 連接副詞	뒤 내용 後面的內容

① 하지만　但是　　　　　② 그래서　所以

③ 그리고　另外　　　　　④ 그런데　不過

但也有許多穿起來相當舒適的韓服。(㉠) 近來韓服深受外國觀光客與年輕人的歡迎。

하지만 편하게 입을 수 있는 한복도 많습니다. (㉠) 최근에는 외국인 관광객과 젊은 사람들에게 한복의 인기가 높습니다.

☞「有很多穿著方便的韓服」是原因,「韓服受歡迎」是結果,「그래서〈所以〉」是正確答案。

그래서 : 앞의 내용이 원인 또는 이유임을 표시한다.
表示前面的內容是原因或理由。

答案:②

한복	명절	특별하다	입다	불편하다
韓服	節日	特殊	穿著	不方便
생각하다	외국인	관광객	젊다	인기
思考	外國人	觀光客	年輕	人氣
높다	경복궁	산책하다		
高	景福宮	散步		

다음을 읽고 물음에 답하십시오.

> 스케이트를 탈 때는 안전을 위해 장갑을 끼고 모자를 써야 합니다. 얼음 위를 (㉠) 움직이면 넘어지기 쉽고 크게 다칠 수 있습니다. 그리고 이런 위험을 줄이기 위해서는 스케이트를 타기 전에 안전하게 넘어지는 방법을 먼저 배워야 합니다.

㉠에 들어갈 알맞은 말을 고르십시오.

① 자주 　　　　　　　　　② 빠르게

③ 느리게 　　　　　　　　④ 일찍

公式

'부사' 이용하기　使用副詞

한국어 문법과 접속부사를 이용하면 문장과 문장의 의미관계를 이해할 수 있고 빈칸에 알맞은 부사를 찾을 수 있습니다.

使用韓語文法和連接副詞就能理解句子之間的關係，並且能找到適合填入空格的副詞。

答案

> 스케이트를 탈 때는 안전을 위해 장갑을 끼고 모자를 써야 합니다. 얼음 위를 (㉠) 움직이면 넘어지기 쉽고 크게 다칠 수 있습니다.

☛ 考慮到空格前後的內容，「(㉠)移動」和「容易跌倒且受重傷」是假設與結果的關係。

答案：②

語彙

스케이트	타다	안전	장갑	끼다	모자	쓰다	얼음	위
溜冰鞋	乘坐	安全	手套	穿	帽子	穿戴	冰	上面

움직이다	넘어지다	크다	다치다	줄이다	안전하다	먼저	배우다
動	跌倒	大的	受傷	減少	安全	先	學習

㉠에 들어갈 알맞은 말을 고르십시오.

為了安全起見，溜冰時必須戴手套和帽子。在冰上快速移動時容易摔倒甚至受重傷，為了降低受傷的風險，必須在溜冰前先學會安全摔倒的方法。

스케이트를 탈 때는 안전을 위해 장갑을 끼고 모자를 써야 합니다. 얼음 위를 (㉠) 움직이면 넘어지기 쉽고 크게 다칠 수 있습니다. 그리고 이런 위험을 줄이기 위해서는 스케이트를 타기 전에 안전하게 넘어지는 방법을 먼저 배워야 합니다.

앞의 내용이 조건임을 표시한다.
表示前面的內容是條件。

앞 내용 前面的內容	부사 副詞	뒤 내용 後面的內容
	(㉠) 움직이면	넘어지기 쉽고 크게 다칠 수 있습니다.
	가정, 조건 : ∼(으)면	결과

① 자주　經常　　　　　② 빠르게　快速
③ 느리게　慢　　　　　④ 일찍　早

㉠에 들어갈 알맞은 말을 고르십시오.

> 설날은 새해의 첫날입니다. 그래서 설날 아침에는 일찍 일어나 어른들께 새해 인사를 드립니다. 세배가 끝나면 가족이 (㉠) 모여 떡국을 먹습니다. 떡국은 떡이 흰색인데 이것은 새해 첫날을 깨끗한 마음으로 시작하라는 의미입니다. 설날은 온 가족이 모여 신나게 놀 수 있는 즐겁고 행복한 날입니다.

① 혼자   ② 함께

③ 자주   ④ 조금

公式

빈칸 앞뒤의 문장을 읽고 빈칸에 알맞은 부사를 찾으세요.

閱讀空格前後的句子，尋找適合空格的副詞。

初一是新年的第一天，所以初一早上要早起向大人拜年，拜完年後全家人要（㉠）喝年糕湯。年糕湯的年糕是白色，代表新年第一天要以乾淨的心開始。春節是全家人聚在一起快樂玩樂的幸福時期。

앞 내용 前面的內容	부사 副詞	뒤 내용 後面的內容

答案

① 自己   ② 一起

③ 經常   ④ 一點

初一早上要早起向大人拜年，拜完年後全家人要（㉠）一起喝年糕湯。

설날 아침에는 일찍 일어나 어른들께 새해 인사를 드립니다. 세배가 끝나면 가족이 (㉠) 모여 떡국을 먹습니다.

☞ 前後內容說家人聚在一起喝年糕湯，因此和「모여〈聚集〉」搭配的「함께〈一起〉」是正確答案。

答案：②

설날	새해	모이다	떡국	흰색	깨끗하다
春節	新年	聚集	年糕湯	白色	乾淨

마음	시작하다	신나다	즐겁다	행복하다
內心	開始	開心	愉快	幸福

⊙에 들어갈 알맞은 말을 고르십시오.

집에 있는 포장된 약의 이름이나 사용 방법을 몰라서 고민할 때가 있습니다. 이때는 인터넷을 이용해 보세요. 다양한 모양과 색을 가진 약의 이름을 인터넷을 이용하면 (⊙) 알 수 있습니다. 그리고 약의 이름을 몰라도 앞 또는 뒤에 적힌 글자, 숫자 또는 모양을 보고 약의 이름이나 사용 방법을 편리하게 찾을 수 있습니다.

① 조금　　　　　　　　　　② 오래
③ 자주　　　　　　　　　　④ 쉽게

公式

빈칸 앞뒤의 문장을 읽고 빈칸에 알맞은 부사를 찾으세요.

閱讀空格前後的句子，尋找適合空格的副詞。

有時候我們會因為不清楚家中包裝的藥物名稱或使用方法而苦思，此時請試著使用網路，使用利用網路就能（⊙）知道各種形狀與顏色的藥物名稱。就算不清楚藥物的名稱，只要透過前後的文字、數字或形狀就能方便找到藥物名稱或使用方法。

앞 내용 前面的內容	부사 副詞	뒤 내용 後面的內容

① 一點　　　　　　　② 經常

③ 很久　　　　　　　④ 輕易

此時請試著使用網路，使用利用網路就能（ ㊀ ）知道各種形狀與顏色的藥物名稱。就算不清楚藥物的名稱，只要透過前後的文字、數字或形狀就能方便找到藥物名稱或使用方法。

이때는 인터넷을 이용해 보세요. 다양한 모양과 색을 가진 약의 이름을 인터넷을 이용하면 (㊀) 알 수 있습니다. 그리고 약의 이름을 몰라도 앞 또는 뒤에 적힌 글자, 숫자 또는 모양을 보고 약의 이름이나 사용 방법을 편리하게 찾을 수 있습니다.

☞ 前、後句子說使用網路就能「方便」找到，因此「輕易」是正確答案。

答案：④

語 彙

약	사용	방법	모르다	고민하다	인터넷	이용하다
藥	使用	方法	不知道	苦思	網路	使用

다양하다	모양	색	글자	숫자	편리하다	찾다
多樣化	外觀	顏色	文字	數字	方便	尋找

다음을 읽고 물음에 답하십시오.

저는 맛있는 식당에 가면 꼭 음식 사진을 찍습니다. 음식 사진을 찍을 때는 음식의 재료와 시간, 장소에 따라 다르게 사진을 찍어야 합니다. 저도 처음에는 음식 사진을 잘 찍지 못했습니다. 하지만 다른 사람들이 찍은 사진도 보고 책을 읽으면서 음식 사진을 찍는 방법을 배웠습니다. 그래서 지금은 음식 사진들을 인터넷에 올려서 친구들에게 음식과 음식점에 대해 말해 줍니다.

㉠에 들어갈 알맞은 말을 고르십시오.

① 유명한 음식점과 음식　　　　② 음식 사진에 관한 책
③ 음식 사진을 잘 찍는 방법　　　④ 맛있는 식당을 찾는 방법

公式

세부 내용과 중심 내용을 구분하세요. 화제는 중심 내용에 나타납니다.
請區分詳細內容與重點內容，話題會出現在重點內容。

화제와 관계있는 단어들은 지문에서 자주 등장합니다. 이러한 단어들을 보고 화제를 추측할 수 있습니다.
本文中常出現與話題相關的詞彙，看到這一類的詞彙就能推測話題。

答案

飲食照片經常出現，而且在談論拍攝飲食照片的方法。

答案：③

語彙

맛있다	음식	사진	찍다	재료	시간	장소
美味	飲食	照片	拍攝	材料	時間	場所

다르다	처음	잘	하지만	배우다	말하다
不同	初次	很好	但是	學習	說話

무엇에 대한 이야기입니까? 알맞은 것을 고르십시오.

> 我去美食餐廳時一定會拍攝食物。拍攝食物照時，必須依照食材、時間和場所以
> 不同的方式拍攝。剛開始我也拍得不太好，但多看別人拍的作品和相關書籍後，
> 也就學會拍攝飲食照片的方法。所以現在我會把食物照片上傳到網路，並且向朋
> 友介紹食物和餐廳。

저는 맛있는 식당에 가면 꼭 음식 사진을 찍습니다. 음식 사진을 찍을 때는 음식의 재료와 시간, 장소에 따라 다르게 사진을 찍어야 합니다. 저도 처음에는 음식 사진을 잘 찍지 못했습니다. 하지만 다른 사람들이 찍은 사진도 보고 책을 읽으면서 음식 사진을 찍는 방법을 배웠습니다. 그래서 지금은 음식 사진들을 인터넷에 올려서 친구들에게 음식과 음식점에 대해 말해 줍니다.

(1) 저는 맛있는 식당에 가면 꼭 음식 사진을 찍습니다.	중심 내용 重點內容	화제 話題
(2) 음식 사진을 찍을 때는 음식의 재료와 시간, 장소에 따라 다르게 사진을 찍어야 합니다.		
(4) 하지만 다른 사람들이 찍은 사진도 보고 책을 읽으면서 음식 사진을 찍는 방법을 배웠습니다.		
(3) 저도 처음에는 음식 사진을 잘 찍지 못했습니다.	세부 내용 詳細內容	
(5) 그래서 지금은 음식 사진들을 인터넷에 올려서 친구들에게 음식과 음식점에 대해 말해 줍니다.		

⇨ 음식 사진을 잘 찍는 방법

① 유명한 음식점과 음식　　知名的餐廳與食物
② 음식 사진에 관한 책　　　食物照片相關書籍
③ 음식 사진을 잘 찍는 방법　拍出漂亮食物照片的方法
④ 맛있는 식당을 찾는 방법　尋找美食餐廳的方法

무엇에 대한 이야기입니까? 알맞은 것을 고르십시오.

> 일이 힘들 때 우리는 스트레스를 받습니다. 우리는 학교, 직장, 가정에서 스트레스를 많이 받습니다. 그런데 스트레스가 많아지면 병에 걸릴 위험이 높아집니다. 따라서 스트레스를 줄일 수 있는 방법을 생각해야 합니다. 많은 사람들은 운동이 좋다고 말합니다. 적당한 운동을 하면 긴장된 몸이 편해지기 때문입니다.

① 스트레스가 많은 이유　　② 스트레스를 줄이는 방법
③ 스트레스를 줄일 수 있는 곳　　④ 스트레스와 병의 관계

公式

通常我們在工作累時就會有壓力，我們在學校、職場或家庭經常都會承受很大的壓力，不過壓力累積越多時，生病的可能性就會提升。因此我們必須思考能降低壓力的方法。很多人都說喜歡運動，因為適當的運動能讓緊張的身體變舒適。

중심 내용　重點內容		화제
세부 내용　詳細內容	⇨	話題

⇨ 降低壓力的方法

答案

① 壓力大的原因　　② 減少壓力的方法
③ 可以減少壓力的地方　　④ 壓力與疾病的關係

「壓力」一直出現，並且在談論關於降低壓力的方法，因此，答案是「降低壓力的方法」。

答案：②

語彙

일	힘들다	스트레스	받다	그런데	병	위험	높다
工作	辛苦的	壓力	接收	不過	病	危險	高

따라서	줄이다	방법	운동	적당하다	긴장	편하다
因此	減少	方法	運動	適當	緊張	方便

무엇에 대한 이야기입니까? 알맞은 것을 고르십시오.

수박은 더운 여름에 인기가 많은 과일입니다. 그런데 맛있는 수박을 고르는 방법이 있
다고 합니다. 어떤 사람들은 수박을 두드려서 나는 소리를 듣습니다. 하지만 더 좋은 방
법은 수박의 밑바닥을 보는 것입니다. 밑바닥의 색깔에 노란색이 많으면 맛있는 수박이
라고 합니다. 그리고 같은 크기의 수박이라면 더 무거운 수박이 더 맛있는 수박입니다.

① 수박이 맛있는 이유　　　　　　　② 맛있는 수박을 고르는 방법
③ 맛있는 수박을 사는 곳　　　　　　④ 수박과 소리의 관계

公式

西瓜是炎熱夏天時非常受歡迎的水果，但挑選美味的西瓜是有訣竅的。

有些人會敲西瓜聽它發出的聲音，但更好的方法是觀察它的底部。底部的顏色如果
黃色部分越多就代表越美味。而且相同大小的西瓜如果更重就代表是更美味的西瓜。

중심 내용　重點內容	⇨	화제
세부 내용　詳細內容		話題

⇨ 挑選美味西瓜的方法

答案

① 西瓜為什麼好吃　　　　　　② 如何選擇美味的西瓜
③ 哪裡可以買到美味的西瓜　　④ 西瓜與聲音的關係

「西瓜」一直出現，而且是在談論挑選美味西瓜的方法，因此，答案是「挑選美味西
瓜的方法」。

答案：②

語彙

수박	덥다	여름	인기	과일	고르다	방법	어떤	소리
西瓜	熱	夏天	人氣	水果	挑選	方法	某個	聲音

듣다	밑	바닥	보다	노란색	같다	크기	무겁다
聽	底部	底面	看	黃色	相同	大小	沉重

1. 동사 + -(으)ㄹ 수 있다 ↔ 동사 + -(으)ㄹ 수 없다

-(으)ㄹ 수 있다	어떤 일에 대한 가능성이나 능력이 있음을 의미한다. 代表某事情的可能性或能力。
-(으)ㄹ 수 없다	어떤 일에 대한 가능성이나 능력이 없음을 의미한다. 代表某事情沒有可能性或沒有能力。

例 나는 아무 일도 할 수 없었다.　　돈 없이도 살 수 있다.

　我什麼事都辦不到。　　　　　　就算沒有錢我們也能生存。

2. 동사 / 형용사 + -고

두 개 이상의 행위, 상태, 사실들이 연결됨을 의미한다.

代表兩個或以上的動作、狀態或事實有關聯性。

例 우리는 메뉴를 보고 저녁을 주문했습니다.

　我們看過菜單後便點了晚餐。

3. 동사 / 형용사 + -지만

앞 문장과 뒤 문장이 반대 관계임을 의미한다.

代表前面的句子和後面的句子是相反的關係。

例 그녀는 얼굴은 예쁘지만 좋은 가수는 아니다.

　她雖然很漂亮，但並不是一個好歌手。

4. 동사 / 형용사 + -(으)ㄴ/는데

앞 문장은 뒤 문장의 배경이 된다.

前面句子是後面句子的背景。

例 저는 불고기를 좋아하는데 수미 씨는 어떤 음식을 좋아하세요?

　我喜歡烤肉，秀美，妳喜歡什麼樣的食物呢？

5. 동사 / 형용사 + -거나

앞 또는 뒤의 것 중에서 하나를 선택할 때 사용한다.
「거나」是前面或後面二選一時使用。

例 난 주말에 공부하거나 쇼핑을 해요.
我週末時會去讀書或購物。

6. 명사 + (이)나

앞 또는 뒤의 것 중에서 하나를 선택할 때 사용한다.
「이나」是選擇前後其中一個時使用。

例 저는 출근할 때 버스나 지하철을 탑니다.
我上班時會搭乘公車或地鐵。

7. 동사 / 형용사 + -기 때문에

앞의 내용이 원인 또는 이유임을 표시한다.
表示前面的內容是原因或理由。

例 그의 음악은 항상 재미있고 신나기 때문에 인기를 많이 얻었습니다.
他之所以會如此受歡迎，是因為他的音樂總是有趣且令人振奮。

8. 동사 / 형용사 + -(으)니까

앞의 내용이 원인 또는 이유임을 표시한다.
表示前面的內容是原因或理由。

例 경치기 좋으니까 기분이 더 좋아졌다.
因為風景很棒，讓我的心情變得更好了。

9. 동사 / 형용사 + -아/어서

앞의 내용이 원인 또는 이유임을 표시한다.
表示前面的內容是原因或理由。

例 나는 기뻐서 눈물이 났다.
我高興到流眼淚了。

10. 동사 / 형용사 + -(으)면

앞의 내용이 조건임을 표시한다.
表示前面的內容是條件。

例 나는 커피를 마시면 잠을 못 잔다.
我喝咖啡就會睡不著。

11. 동사 / 형용사 + -ㄴ/ㄹ, 동사/형용사 + -은/는/을

뒤에 오는 명사를 수식한다.
修飾後面的名詞。

例 정말 힘든 하루였다.
今天真的是辛苦的一天。

전망이 좋은 방으로 주세요.
請給我一間景觀好的房間。

문을 닫을 시간입니다.
這是關門的時間。

이거 오늘 보낼 편지예요?
這是今天要寄的信嗎?

나는 도서관에 가는 길에 선생님을 만났다.
我去圖書館的路上遇見了老師。

必背！－ 常考連接副詞

1. 그리고

단어, 구, 절, 문장을 병렬적으로 연결할 때 사용한다.
詞彙、短語、子句或句子對等連接時使用。

例 나는 평일에는 수영을 합니다. 그리고 주말에는 등산을 갑니다.
我平常去游泳，而且週末會去爬山。

2. 그래서, 그러니까

앞의 내용이 원인 또는 이유임을 표시한다.
表示前面的內容是原因或理由。

例 나는 감기에 걸렸습니다. 그래서 병원에 갔습니다.
我感冒了，所以去了醫院。

토픽 시험이 어렵습니다. 그러니까 열심히 공부해야 합니다.
TOPIK 考試很難，所以我要努力讀書。

3. 그런데

화제를 앞의 내용과 관련시키면서 다른 방향으로 이끌어 나갈 때 사용한다.
用來讓話題和前面的內容有關聯，並且引導往其他方向時使用。

例 열심히 공부했습니다. 그런데 시험이 너무 어려웠습니다.
雖然我很用功，但依然覺得考試很難。

4. 그러면

앞의 내용이 조건임을 표시한다.
表示前面的內容是條件。

例 열심히 공부하세요. 그러면 합격할 수 있습니다.
請好好用功，這樣就能通過考試。

5. 그러나

앞 문장과 뒤 문장이 반대관계임을 의미한다.
代表前面的句子和後面的句子是相反的關係。

例 나는 고기를 좋아합니다. 그러나 생선을 먹지 않습니다.
我喜歡吃肉,但不吃魚。

6. 하지만

앞의 내용을 인정하면서 반대 관계임을 표시한다.
表示認同前面的內容,並且是相反的關係。

例 어제 배가 너무 아팠습니다. 하지만 약을 먹지 않았습니다.
我昨天肚子很痛,但沒有吃藥。

依序排列

'순서대로 나열하기' 유형입니다.

네 개의 문장을 읽고 논리적 순서에 맞게 문장을 나열하는 문제입니다.

這是「依序排列」的題型，看過四個句子後，依照邏輯排列句子。

解題
技巧

1. 모든 선택지의 첫 문장은 화제입니다.

2. 접속부사나 지시대명사를 이용하여 문장의 위치를 추측해 보세요.

3. 문장을 순서대로 나열하세요.

4. 선택지에서 정답을 선택하세요.

---

1. 所有選項的第一個句子是話題。

2. 試著使用連接副詞或指示代名詞推測句子的位置。

3. 排列句子的順序。

4. 在選項中找出正確答案。

다음을 순서대로 맞게 나열한 것을 고르십시오.

(가) 그런데 이것은 주로 식사 시간에 볼 수 있습니다.

(나) 요리사들이 직접 나와 다양한 음식을 만들고 요리 방법을 보여 줍니다.

(다) 그래서 밤에 음식을 배달하는 가게도 많아졌습니다.

(라) 요즘 텔레비전에서 요리 프로그램이 많이 나옵니다.

① (라) – (가) – (다) – (나)

② (라) – (나) – (가) – (다)

③ (라) – (나) – (다) – (가)

④ (라) – (가) – (나) – (다)

公式

첫 문장은 정해져 있으므로 접속부사나 지시대명사를 고려하여 문장들의 논리적 순서를
결정하세요. 접속부사는 221쪽, 지시대명사는 228쪽을 참고하세요.

由於第一個句子是固定的，請考慮連接副詞或指示代名詞後依照邏輯決定句子的順
序。連接副詞請參考 221 頁，指示代名詞請參考 228 頁。

答案

〈라〉	〈나〉	〈가〉	〈다〉
節目	展現	但是這個	所以

答案：②

語彙

요즘	직접	나오다	다양하다	방법
最近	親自	出來	各式各樣	方法

그런데	그래서	밤	배달	가게
不過	所以	夜晚	配送	店

다음을 순서대로 맞게 나열한 것을 고르십시오.

〈라〉最近電視上有很多烹飪節目。

〈나〉廚師們親自上節目製作各式各樣的料理和展現烹飪方法。

〈가〉但這一類的節目一般都要在用餐時間才能看到。

〈다〉所以夜晚外送食物的餐廳變多了。

(라) 요즘 텔레비전에 요리 프로그램이 많이 나옵니다.
⇨ 화제 話題

(나) 요리사들이 직접 나와 다양한 음식을 만들고 요리 방법을 보여 줍니다.

(가) 그런데 이것은 주로 식사 시간에 볼 수 있습니다.
⇨ 접속부사, 지시대명사
그런데, 이것(요리 프로그램)
連接副詞、指示代名詞

(다) 그래서 밤에 음식을 배달하는 가게도 많아졌습니다.
⇨ 접속부사 : 그래서 連接副詞

다음을 순서대로 맞게 나열한 것을 고르십시오.

> (가) 오래 기다렸지만 정말 맛있었습니다.
>
> (나) 주말에 가족과 함께 춘천에 갔습니다.
>
> (다) 유명한 식당의 닭갈비를 먹기 위해 줄을 섰습니다.
>
> (라) 그런데 사람이 너무 많아서 한 시간을 기다렸습니다.

① (나) – (다) – (가) – (라)

② (나) – (다) – (라) – (가)

③ (나) – (라) – (다) – (가)

④ (나) – (가) – (라) – (다)

公 式

첫 문장은 정해져 있으므로 접속부사나 지시대명사를 고려하여 문장들의 논리적 순서를 결정하세요.

由於第一個句子是固定的，請考慮連接副詞或指示代名詞後依照邏輯決定句子的順序。

答 案

〈나〉我週末和家人一起去了春川。

　　⇨ **화제** 話題

〈다〉為了吃知名餐廳的雞排而排隊了。

〈라〉不過因為人太多了，所以等了一個小時。

　　⇨ 連接副詞

〈가〉雖然等很久，但真的很好吃。

答案：②

語 彙

춘천	유명하다	닭갈비	줄(을) 서다	기다리다
春川	知名的	雞排	排隊	等待

다음을 순서대로 맞게 나열한 것을 고르십시오.

(가) 담배를 피우지 않는 사람들이 많아졌습니다.

(나) 많은 회사들이 휴게실을 카페로 만들었습니다.

(다) 그래서 휴게실은 커피를 마시면서 편안하게 쉬는 곳이 되었습니다.

(라) 이런 분위기는 회사에서도 볼 수 있습니다.

① (가) – (라) – (나) – (다)

② (가) – (나) – (다) – (라)

③ (가) – (다) – (라) – (나)

④ (가) – (라) – (다) – (나)

公式

첫 문장은 정해져 있으므로 접속부사나 지시대명사를 고려하여 문장들의 논리적 순서를 결정하세요.

由於第一個句子是固定的，請考慮連接副詞或指示代名詞後依照邏輯決定句子的順序

答案

〈가〉不抽菸的人變多了。

⇨ **화제** 話題

〈라〉這樣的氣氛在公司也能看見。

⇨ 指示代名詞

〈나〉許多公司都把休息室變成咖啡廳。

〈다〉所以休息室變成可喝咖啡且相當舒適的休息區。

⇨ 連接副詞

答案：①

語彙

담배	피우다	휴게실	카페	편안하다	쉬다
香菸	抽	休息室	咖啡廳	舒適	休息

必背！- 指示代名詞

1. 이 / 이것

(1) 말하는 이에게 가까이 있거나 말하는 이가 생각하고 있는 대상을 가리킬 때 사용한다.

(2) 앞에서 이야기한 대상을 가리킬 때 사용한다.

(1) 用於表示接近話者或是指話者所想的對象。

(2) 指前面談到的對象時使用。

例 백화점에서 구두를 만 원에 샀습니다.

이 가격에 이것을 살 수 있다는 것이 너무 행복했습니다.

☞ 만 원 ⇨ 이 가격 / ☞ 구두 ⇨ 이것

2. 그 / 그것

(1) 듣는 이에게 가까이 있거나 듣는 이가 생각하고 있는 대상을 가리킬 때 사용한다.

(2) 앞에서 이야기한 대상을 가리킬 때 사용한다.

(1) 用於表示接近聽者或是指聽者所想的對象。

(2) 指前面談到的對象時使用。

例 어제 이모께서 용돈을 주셨습니다. 그 돈을 어디에 쓸지 고민했습니다.

그래서 그것으로 친구들과 영화를 보기로 했습니다.

☞ 용돈 ⇨ 그 돈, 그것

3. 저 / 저것

말하는 사람과 듣는 사람으로부터 멀리 있는 대상을 가리킬 때 사용한다.

用來指示跟話者和聽者有一段距離的事物。

例 여자 : 민수 씨, 이것은 휴대폰입니다. 저것도 휴대폰입니까?

남자 : 네, 저것도 휴대폰입니다.

☞ 휴대폰 ⇨ 저것

閱讀文章後回答問題（2）

'지문을 읽고 두 문제에 답하기' 유형입니다. 문제 유형은 다음과 같습니다.

這是「閱讀本文後回答兩個問題」的題型，問題類型如下。

문제1 問題 1	문제 2 問題 2
빈칸에 들어갈 문장 고르기 選擇要填入空格的句子	세부 내용 파악하기 掌握詳細內容
빈칸에 들어갈 어구 고르기 選擇要填入空格的語句	세부 내용 추론하기 推論詳細內容
글의 목적 파악하기 掌握本文目的	

☞ '세부 내용 파악하기'는 191쪽을 참조하세요.

「掌握詳細內容」請參考 191 頁。

☞ '빈칸에 들어갈 어구 고르기'는 190, 202, 208쪽을 참조하세요.

「挑選要填入空格的句子」請參考 190 頁、202 頁、208 頁。

選擇填入空格的句子

지문을 읽고 세부 내용을 파악하여 빈칸에 들어갈 알맞은 문장을 고르는 문제입니다.

看過本文後掌握詳細內容，並且選出最適合填入空格的句子。

1. 빈칸에 들어갈 문장의 핵심어, 접속부사, 지시대명사를 고려하여 내용을 파악하세요.

2. 각 문장의 핵심어, 접속부사, 지시대명사를 고려하여 내용을 파악하세요.

3. 빈칸에 들어갈 문장의 위치를 추측해 보세요.

4. 선택지에서 정답을 선택하세요.

---

1. 考慮要填入空格的關鍵字、連接副詞、指示代名詞後掌握內容。

2. 考慮各個句子的關鍵字、連接副詞和指示代名詞後掌握內容。

3. 試著推測要填入空格的句子的位置。

4. 在選項中找出正確答案。

掌握文章目的

편지, 광고, 안내문 등을 읽고 글쓴이가 무엇을 알리려고 하는지 고르는 문제입니다.

這是看過信件、廣告、公告等的內容後掌握作者意圖的題型。

1. 선택지를 읽으세요.

2. 글의 목적은 보통 어떤 것을 알려주는 것입니다. 따라서 받는 사람이 알아야 하는 중요한 사실을 확인하세요.

3. 글을 쓴 목적을 결정하고 정답을 고르세요.

1. 仔細瀏覽選項。

2. 本文的目的通常在告知某件事，因此，請確認讀者必須知道的重要事實。

3. 決定本文的目的與選出正確答案。

推論內容

지문을 읽고 지문의 내용으로 알 수 있는 것을 고르는 문제입니다.

此一題型是在閱讀本文後，選出可從本文中知道的內容。

1. 선택지를 읽고 핵심어에 밑줄 하세요.

2. 지문 속에 힌트가 있으므로 세부 내용, 단어, 행동, 설명 등에서
    힌트를 찾으세요.

3. 지문을 근거로 선택지를 고르세요.

1. 看過選項後在關鍵字底下畫線。

2. 由於本文中有提示，試著從細節、詞彙、行動、說明等當中找出提示。

3. 根據本文找出正確的選項。

다음을 읽고 물음에 답하십시오.

물은 아무 맛도 없지만 우리 몸에서 아주 중요한 일을 합니다. (㉠) 우리 몸은 매일 물을 사용하고 있습니다. (㉡) 더워서 땀이 날 때도 거리를 걸을 때에도 물이 몸 밖으로 조금씩 나옵니다. (㉢) 그래서 우리는 매일 적당한 양의 물을 마셔야 합니다. (㉣) 왜냐하면 몸에서 물이 부족하면 건강에 위험할 수 있기 때문입니다.

문제 1. 다음 문장이 들어갈 곳을 고르십시오.

그리고 물은 피를 맑게 하고 몸 안의 나쁜 것들을 몸 밖으로 보냅니다.

① ㉠   ② ㉡   ③ ㉢   ④ ㉣

문제 2. 이 글의 내용과 같은 것을 고르십시오.

① 물은 여러 가지 맛이 있다.

② 물이 부족해도 건강에는 위험하지 않다.

③ 거리를 걸을 때에도 우리 몸은 물을 사용한다.

④ 우리는 매일 많은 물을 마셔야 한다.

公式

1. 빈칸에 들어갈 문장 고르기

   選擇填入空格的句子

   첫 문장에서 화제를 확인하고 나머지 문장들의 핵심어, 접속부사, 지시대명사를 고려하여 문장의 위치를 결정하세요. 접속부사는 221쪽, 지시대명사는 228쪽을 참고하세요.

   確認文本出現的第一個句子的話題，考慮本文其他句子的關鍵字、連接副詞和指示代名詞後決定句子的位置。連接副詞請參考 221 頁，指示代名詞請參考 228 頁。

2. 세부 내용 파악하기
掌握詳細內容

(1) 지문에 직접 제시된 사실 정보를 확인하고 선택지를 확인하세요.

(2) 세부 내용에 대한 잘못된 정보나 새로운 정보는 지우세요.

(1) 確認本文中提到的事實和選項。

(2) 請刪除錯誤的資訊和新的資訊。

答案

문제 1.　다음 문장이 들어갈 곳을 고르십시오.　問題1.請選出填入下列句子的位置。

由於是排列「無論是因為熱而流汗或是走在街道上時都會流失些許的水分。」、以及「水會讓血液變清澈且排出體內不良的物質」兩個相似的資訊，可使用「以及」連接，「所以我們每天都必須喝適當量的水」則成為理由，正確的位置是「所以」前面為正確答案。

☞「以及」前後的句子提供類似的資訊。

答案：③

答案

문제 2.　이 글의 내용과 같은 것을 고르십시오.　問題2.請選出和本文內容相同的選項。

① 물은 ~~여러 가지~~ 맛이 있다.　水有許多種味道。

　　☞ 雖然沒有任何味道

② 물이 부족해도 건강에는 ~~위험하지 않다~~.　就算水分不足，也不會對健康造成傷害。

　　☞ 可能會有危險

③ 거리를 걸을 때에도 우리 몸은 물을 사용한다.　步行時我們的身體也會使用水分。

　　☞ 我們的身體每天都需要水分，無論是因為熱而流汗、或是走在街道上時都會流失些許的水分。

④ 우리는 매일 ~~많은~~ 물을 마셔야 한다.　我們每天都必須要喝大量的水分。

　　☞ 適量的水

答案：③

語彙

물	아무	맛	몸	아주	중요하다	매일
水	任何	味道	身體	非常	重要	每天
땀	나다	거리	걷다	밖	조금씩	나오다
汗	冒出	街道	走路	外面	少許	出來
피	맑다	나쁘다	보내다	부족하다	건강	위험하다
血	清澈	壞	傳送	不足	健康	危險

다음 문장이 들어갈 곳을 고르십시오.

水雖然沒有味道，但在我們體內卻扮演非常重要的角色。
我們的身體每天都需要水分，無論是因為熱而流汗、或是走在街道上時都會流失
些許的水分。水會讓血液變清澈且排出體內不良的物質。所以我們每天都要喝適
量的水，以免身體的水分不足危害健康。

물은 아무 맛도 없지만 우리 몸에서 아주 중요한 일을 합니다.

⇨ 화제 話題

우리 몸은 매일 물을 사용하고 있습니다.

⇨ 중심 내용 重點內容

더워서 땀이 날 때도 거리를 걸을 때도 물이 몸 밖으로 조금씩 나옵니다.

⇨ 세부 내용 詳細內容

그리고 물은 피를 맑게 하고 몸 안의 나쁜 것들을 몸 밖으로 보냅니다.

⇨ 접속부사 連接副詞　　　　　⇨ 세부 내용 詳細內容

그래서 우리는 매일 적당한 양의 물을 마셔야 합니다.

⇨ 접속부사 連接副詞　　　　　⇨ 중심 생각 重點想法

왜냐하면 몸에서 물이 부족하면 건강에 위험할 수 있기 때문입니다.

⇨ 접속부사 連接副詞　　　　　⇨ 세부 내용 詳細內容

이 글의 내용과 같은 것을 고르십시오.

水雖然沒有味道，但在我們體內卻扮演非常重要的角色。
我們的身體每天都需要水分，無論是因為熱而流汗、或是走在街道上時都會流失
些許的水分。水會讓血液變清澈且排出體內不良的物質。所以我們每天都要喝適
量的水，以免身體的水分不足危害健康。

> 물은 아무 맛도 없지만 우리 몸에서 아주 중요한 일을 합니다.
> 우리 몸은 매일 물을 사용하고 있습니다.
> 더워서 땀이 날 때도 거리를 걸을 때도 물이 몸 밖으로 조금씩 나옵니다.
> 그리고 물은 피를 맑게 하고 몸 안의 나쁜 것들을 몸 밖으로 보냅니다.
> 그래서 우리는 매일 적당한 양의 물을 마셔야 합니다.
> 왜냐하면 몸에서 물이 부족하면 건강에 위험할 수 있기 때문입니다.

① 물은 여러 가지 맛이 있다.

② 물이 부족해도 건강에는 위험하지 않다.

③ 거리를 걸을 때에도 우리 몸은 물을 사용한다.

④ 우리는 매일 많은 물을 마셔야 한다.

지문의 내용 本文的內容	⇨	선택지의 내용 選項的內容

다음을 읽고 물음에 답하십시오.

한국의 음식 문화에서 김치는 아주 중요합니다. 김치는 배추김치, 무김치, 물김치 등 그 종류가 다양합니다. (㉠) 이것 중에서 외국인이 가장 좋아하는 김치는 배추김치입니다. (㉡) 배추김치는 배추를 소금물에 넣고 하루 뒤에 빼서 다양한 재료들과 섞어서 만듭니다. (㉢) 그래서 김치에는 소금이 필요합니다. (㉣) 따라서 김치를 만들 때에는 건강을 위해 소금을 적당하게 넣어야 합니다.

다음 문장이 들어갈 곳을 고르십시오.

하지만 너무 많은 소금을 김치에 넣으면 건강에 좋지 않습니다.

① ㉠   ② ㉡   ③ ㉢   ④ ㉣

公式

泡菜在韓國的飲食文化中非常重要，泡菜有白菜泡菜、蘿蔔泡菜、水泡菜等種類相當多樣化，(㉠) 當中外國人最喜歡的泡菜是白菜泡菜，(㉡) 白菜泡菜是將白菜浸泡在鹽水，經過一天後取出添加各種材料製成的泡菜。(㉢) 所以泡菜需要鹽巴，(㉣) 因此，為了健康著想，製作泡菜時應添加適量的鹽巴。

第一個句子確認話題，並考慮其他句子的關鍵字、連接副詞、指示代名詞後，再決定句子的位置。

答案

所以泡菜需要鹽巴。
但泡菜若是添加太多鹽巴會危害健康。
因此為了健康著想，製作泡菜時要添加適量的鹽巴。
☛「但是」是認同前面的內容，並且表示相反的關係。

答案：④

김치	배추	무	물	종류	다양하다	
泡菜	大白菜	蘿蔔	水	種類	各式各樣	

소금	넣다	빼다	재료	섞다	건강	적당하다
鹽巴	加入	去除	材料	混雜	健康	適當

다음을 읽고 물음에 답하십시오.

한국의 음식 문화에서 김치는 아주 중요합니다. 김치는 배추김치, 무김치, 물김치 등 그 종류가 다양합니다. (㉠) 이것 중에서 외국인이 가장 좋아하는 김치는 배추김치입니다. (㉡) 배추김치는 배추를 소금물에 넣고 하루 뒤에 빼서 다양한 재료들과 섞어서 만듭니다. (㉢) 그래서 김치에는 소금이 필요합니다. (㉣) 따라서 김치를 만들 때에는 건강을 위해 소금을 적당하게 넣어야 합니다.

이 글의 내용과 같은 것을 고르십시오.

① 김치는 세 가지 종류만 있습니다.
② 외국인이 가장 좋아하는 김치는 물김치입니다.
③ 김치는 다양한 재료를 섞어서 만듭니다.
④ 배추는 일주일 동안 소금물에 넣습니다.

公式

泡菜在韓國的飲食文化中非常重要，泡菜有白菜泡菜、蘿蔔泡菜、水泡菜等種類相當多樣化，（㉠）當中外國人最喜歡的泡菜是白菜泡菜，（㉡）白菜泡菜是將白菜浸泡在鹽水，經過一天後取出添加各種材料製成的泡菜。（㉢）所以泡菜需要鹽巴，（㉣）因此，為了健康著想，製作泡菜時應添加適量的鹽巴。

1. 確認本文提出的事實和選項。
2. 刪除關於細節的錯誤資訊和新的資訊。

① 김치는 쎄 가저 종류만 있습니다.

☛ 種類相當多樣化。

② 외국인이 가장 좋아하는 김치는 물김차입니다.

☛ 白菜泡菜

③ 김치는 다양한 재료를 섞어서 만듭니다.

☛ 白菜泡菜是把白菜浸泡在鹽水中一天，然後混合各式各樣的材料製作而成。

④ 배추는 일주일 동안 소금물에 넣습니다.

☛ 浸泡在鹽水中一天

答案：④

김치	배추	무	물	종류	다양하다
泡菜	大白菜	蘿蔔	水	種類	多樣化

소금	넣다	빼다	재료	섞다	건강	적당하다
鹽巴	加入	去除	材料	混合	健康	適量

公式 13　掌握文章的目的

다음 글을 읽고 물음에 답하십시오.

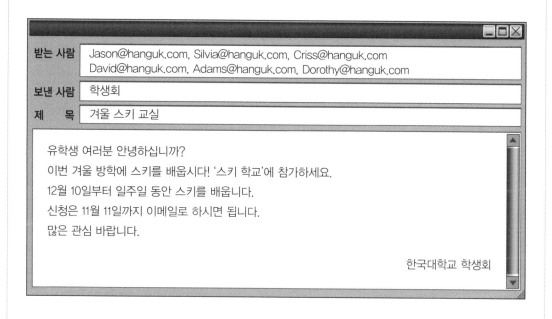

받는 사람　Jason@hanguk.com, Silvia@hanguk.com, Criss@hanguk.com
　　　　　　David@hanguk.com, Adams@hanguk.com, Dorothy@hanguk.com

보낸 사람　학생회

제　목　겨울 스키 교실

유학생 여러분 안녕하십니까?
이번 겨울 방학에 스키를 배웁시다! '스키 학교'에 참가하세요.
12월 10일부터 일주일 동안 스키를 배웁니다.
신청은 11월 11일까지 이메일로 하시면 됩니다.
많은 관심 바랍니다.

한국대학교 학생회

왜 이 글을 썼는지 맞는 것을 고르십시오.

① 스키 교실 장소를 바꾸려고　　　② 스키 교실 신청을 취소하려고

③ 스키 교실 신청을 받으려고　　　④ 스키 교실 날짜를 바꾸려고

公 式

글쓴이가 글을 쓴 이유는 감사, 계획, 안내, 질문, 초대, 확인 등입니다. 제목과 내용을 근거로 글을 쓴 목적을 찾아보세요.

作者的主要目的是感謝、計畫、公告、提問、邀請、確認等，試著以標題和內容為根據找出寫這篇文章的目的。

語 彙

유학생	여러분	겨울	방학	스키
留學生	各位	冬天	放學	滑雪
부터	까지	관심	대학교	학생회
從～起	～為止	關心	大學	學生會

241

왜 이 글을 썼는지 맞는 것을 고르십시오.

> 收件者 : Jason@hanguk.com, Silvia@hanguk.com, Criss@hanguk.com
> David@hanguk.com, Adams@hanguk.com, Dorothy@hanguk.com
>
> 寄件者 : 學生會長
>
> 主旨 : 冬季滑雪班
>
> 各位留學生大家好！
> 參加滑雪學校一起在這個寒假學滑雪吧！
> 課程從 12 月 10 號起連續一個星期，申請者可於 11 月 11 日前透過電子郵件報名，
> 請多多支持。
>
> 韓國大學 學生會

① 스키 교실 장소를 바꾸려고　　　② 스키 교실 신청을 취소하려고

③ 스키 교실 신청을 받으려고　　　④ 스키 교실 날짜를 바꾸려고

Tip

유형 8에 자주 등장하는 문법 표현은 247쪽을 참고하세요.

類型 8 經常出現的文法表現請參考 247 頁。

다음 글을 읽고 물음에 답하십시오.

받는 사람	surimkim@handerang.com
보낸 사람	minsukim@junzisanle.com
제　목	김수림 선생님께

선생님, 오늘 전시회에 초대해 주셔서 감사합니다.
선생님께서 만드신 넥타이를 보고 한국의 아름다움을 다시 생각했습니다.
다른 약속이 있어서 선생님께 인사도 못 드렸습니다. 다음 주에 인사드리겠습니다.
그럼, 안녕히 계세요.

김민수 올림

왜 이 글을 썼는지 맞는 것을 고르십시오.

① 전시회에 초대하기 위해서　　　② 전시회에서 넥타이를 사기 위해서

③ 전시회 초대에 감사해서　　　　④ 선생님과 약속하기 위해서

公式

作者的主要目的是感謝、計畫、公告、提問、邀請、確認等，試著以標題和內容為根據找出寫這篇文章的目的。

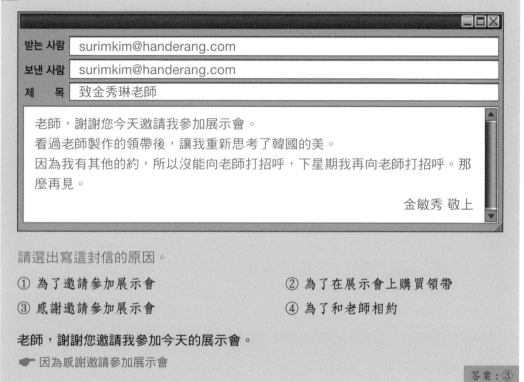

받는 사람	surimkim@handerang.com
보낸 사람	surimkim@handerang.com
제 목	致金秀琳老師

老師，謝謝您今天邀請我參加展示會。
看過老師製作的領帶後，讓我重新思考了韓國的美。
因為我有其他的約，所以沒能向老師打招呼，下星期我再向老師打招呼。那麼再見。

金敏秀 敬上

請選出寫這封信的原因。

① 為了邀請參加展示會   ② 為了在展示會上購買領帶

③ 感謝邀請參加展示會   ④ 為了和老師相約

老師，謝謝您邀請我參加今天的展示會。

☞ 因為感謝邀請參加展示會

答案：③

語彙

선생님	전시회	초대하다	감사하다	넥타이
老師	展示會	邀請	謝謝	領帶

약속	인사	올림
約定	打招呼	敬上

다음 글을 읽고 물음에 답하십시오.

선풍기 사세요!

김수미(sumi@hanguk.com)

다음 달에 외국으로 이사를 갑니다.
선풍기를 자주 사용하지 않아서 깨끗합니다.
가격은 배달 비용을 포함해서 30,000원입니다.
관심 있으신 분은 이메일로 연락 주십시오.

왜 이 글을 썼는지 맞는 것을 고르십시오.

① 선풍기를 사고 싶어서   ② 선풍기를 바꾸고 싶어서

③ 선풍기를 팔기 위해서   ④ 선풍기가 고장이 나서

公 式

作者的主要目的是感謝、計畫、公告、提問、邀請、確認等，試著以標題和內容為根據找出寫這篇文章的目的。

答 案

請購買電扇吧！

김수미(sumi@hanguk.com)

我下個月要搬到國外，
因為我們不常使用電扇，所以相當乾淨。
價格包含運送費是 30000 元。
有興趣的人請透過電子郵件聯絡我。

請選出寫本文的目的。

① 因為想購買電扇   ② 因為想換電扇

③ 為了賣電扇   ④ 因為電扇故障了

☛ 為了賣電扇

答案：③

선풍기	이사	가격	배달	비용
電扇	搬家	價格	配送	費用
포함하다	관심	이메일	연락	
包含	關心	電子郵件	聯絡	

必背！一 表示目的的文法用法

1. 목적이나 의도를 표시합니다.

表示目的或意圖。

| -(으)려고 | 다른 것으로 바꾸려고 합니다.
我想換不一樣的。 |

| -고 싶다 | 라디오를 주문하고 싶어요.
我想訂一台收音機。 |

2. 의도나 의향이 있는 상황을 가정할 때 사용합니다.

用於有意圖或目的的假設情況下。

| -(으)려면 | 공항버스를 타려면 지금 출발해야 합니다.
若是你要去搭機場巴士，現在就必須出發。 |

3. 제안을 할 때 사용합니다.

建議某人做某件事時使用。

| - /읍시다 | 이번 겨울 방학에 스키를 배웁시다.
這個寒假一起學滑雪吧。 |

4. 요청할 때 사용합니다.

要求別人做某事時使用。

| -(으)십시오 | 관심이 있는 분은 이메일로 연락 주십시오.
有興趣的人請使用電子郵件聯絡。 |

다음을 읽고 물음에 답하십시오.

인삼의 도시 금산에는 '인삼 축제'가 있습니다. 전통 문화와 인삼 그리고 건강을 주제로 다양한 행사를 합니다. 축제는 매년 9월 마지막 주 토요일에 시작합니다. 다른 축제들은 공연이 많지만 인삼 축제는 관광객이 함께 참여하는 프로그램이 많습니다. 그래서 가족은 물론 외국인 관광객이 많이 방문합니다. 그리고 축제를 준비하는 사람들도 모두 봉사 활동을 하는 사람들입니다. 그래서 지역 사람들과 관광객이 모두 (㉠) 축제입니다.

문제 1.　㉠에 들어갈 알맞은 말을 고르십시오.

① 즐거워서

② 즐길 수 있는

③ 즐거우면

④ 즐겁게 보기 때문에

문제 2.　이 글의 내용으로 알 수 있는 것을 고르십시오.

① 인삼 축제는 1년에 두 번 있습니다.

② 인삼 축제를 준비하는 사람들은 무료로 일합니다.

③ 다른 축제는 인삼 축제보다 공연이 많지 않습니다.

④ 아이들은 축제에 참가할 수 없습니다.

1. 빈칸에 들어갈 어구 고르기 選擇填入空格的語句

    (1) 빈칸 앞뒤의 문장을 읽고 빈칸에 들어갈 내용을 찾으세요.

    (2) 한국어 문법을 이용하세요. 218쪽을 참고하세요.

    (1) 閱讀空格前後的句子後，找出要填入空格的內容。

    (2) 請使用韓語文法，並且參考 218 頁。

2. 세부 내용 추론하기 推論詳細內容

지문의 내용 本文的內容	추론 推論	선택지의 내용 選項的內容

答案

文法 1.　選出適合填入㉠的選項

由於無論是家族、外國人觀光客、以及準備慶典的人全都一起參加慶典，「可以享受」是正確答案。

–(으)ㄹ 수 있다 : 어떤 일에 대한 가능성이나 능력이 있음을 의미합니다.

表示某件事有可能性或具備能力。

答案：②

答案

文法 2.　選出文中可知道的選項。

① 인삼 축제는 ~~1년에 두 번~~ 있습니다. ☞ 每年 9 月的最後一個星期六。

② 인삼 축제를 준비하는 사람들은 무료로 일합니다.

③ 다른 축제는 인삼 축제보다 공연이 ~~많지 않습니다~~. ☞ 其他慶典的表演很多

④ 아이들은 축제에 ~~참가할 수 없습니다~~. ☞ 相當多家庭和外國觀光客造訪。

答案：②

語彙

인삼 人蔘	도시 都市	축제 慶典	건강 健康	주제 主題
다양하다 各式各樣	행사 典禮	시작하다 開始	공연 表演	참여하다 參加
모두 全部	봉사 志願服務	활동 活動	지역 地區	즐기다 享受

㉠에 들어갈 알맞은 말을 고르십시오.

在人蔘的城市金山有一個傳統慶典叫做「人蔘節」，在慶典期間會舉辦以人蔘、傳統文化和健康為主題的多元化活動。人蔘節慶典於每年 9 月最後一個星期六開幕，其他慶典會有很多表演，但人蔘節最多的是與遊客一起互動的節目。也因為這樣，以家庭為單位的觀光客、外國遊客很多，而且幫忙準備慶典的全都是義工，所以人蔘節是當地居民和觀光客可以一起歡度的慶典。

인삼의 도시 금산에는 '인삼 축제'가 있습니다. 전통 문화와 인삼 그리고 건강을 주제로 다양한 행사를 합니다. 축제는 매년 9월 마지막 주 토요일에 시작합니다. 다른 축제들은 공연이 많지만 인삼 축제는 관광객이 함께 참여하는 프로그램이 많습니다. 그래서 가족은 물론 외국인 관광객이 많이 방문합니다. 그리고 축제를 준비하는 사람들도 모두 봉사 활동을 하는 사람들입니다. 그래서 지역 사람들과 관광객이 모두 (㉠) 축제입니다.

① 즐거워서 因為享受

② 즐길 수 있는 可享受的

③ 즐거우면 享受的話

④ 즐겁게 보기 때문에 可愉快的觀賞

☛ 그래서 : 앞의 내용이 원인 또는 이유임을 표시한다 .
　 表示前面的內容是原因或理由。

이 글의 내용으로 알 수 있는 것을 고르십시오.

在人蔘的城市金山有一個傳統慶典叫做「人蔘節」，在慶典期間會舉辦以人蔘、傳統文化和健康為主題的多元化活動。人蔘節慶典於每年 9 月最後一個星期六開幕，其他慶典會有很多表演，但人蔘節最多的是與遊客一起互動的節目。也因為這樣，以家庭為單位的觀光客、外國遊客很多，而且幫忙準備慶典的全都是義工，所以人蔘節是當地居民和觀光客可以一起歡度的慶典。

인삼의 도시 금산에는 '인삼 축제'가 있습니다. 전통 문화와 인삼 그리고 건강을 주제로 다양한 행사를 합니다. 축제는 매년 9월 마지막 주 토요일에 시작합니다. 다른 축제들은 공연이 많지만 인삼 축제는 관광객이 함께 참여하는 프로그램이 많습니다. 그래서 가족은 물론 외국인 관광객이 많이 방문합니다. 그리고 축제를 준비하는 사람들도 모두 봉사 활동을 하는 사람들입니다. 그래서 지역 사람들과 관광객이 모두 즐길 수 있는 축제입니다.

① 인삼 축제는 ~~1년에 두~~ 번 있습니다.　人蔘慶典1年舉辦兩次。

② 인삼 축제를 준비하는 사람들은 무료로 일합니다.　準備人蔘慶典的人都是免費幫忙。

③ 다른 축제는 인삼 축제보다 공연이 많지 ~~않습니다~~.　其他慶典的表演比人蔘慶典少。

④ 아이들은 축제에 참가할 수 ~~없습니다~~.　小朋友無法參加慶典。

㉠에 들어갈 알맞은 말을 고르십시오.

저는 지난 주말에 특별한 버스를 타고 전주에 다녀왔습니다. 이 버스는 외국인만 이용할 수 있는 외국인 관광 상품입니다. 매주 한 번 한국의 곳곳을 자유 여행하는 상품이기 때문에 이 (㉠) 인터넷으로 예약해야 합니다.

먼저 여행하고 싶은 지역을 골라 예약하고 4명 이상이 신청하면 버스를 이용할 수 있습니다. 1박 2일 동안 지역 관광을 외국어로 자세하게 안내해줘서 정말 편리했습니다. 앞으로 한국에 관심이 많은 전 세계 친구들에게 이 버스를 소개할 생각입니다.

① 버스를 위해서　　　　　　② 버스를 본

③ 버스가 좋아서　　　　　　④ 버스를 타려면

公式

我週末時搭乘特殊巴士去了一趟全州，那是只有外國人能搭乘的外國人觀光商品，因為該商品於每個星期會去韓國各個地方自由旅行，此一（㉠）必須使用網路預約。

先挑選想去旅行的地區後預約，若是 4 個人以上申請就能使用該巴士。2 天 1 夜的地區觀光會使用外文詳細說明，真的很方便。往後我想要向全世界對韓國感興趣的朋友們介紹這個巴士。

(1) 閱讀空格前後的句子後，找出該填入空格的內容。

(2) 使用韓語文法且參考 218 頁。

答案

① 為了巴士　　　　　　② 看見巴士的

③ 因為巴士很棒　　　　④ 若是想搭乘巴士

由因為這公車是每星期一次，到韓國各地自由旅行的商品，所以適合搭配 '必須預約' 的 '想要搭公車的話' 是正確答案。

–(으)려면 : 의도나 의향이 있는 상황을 가정할 때 사용합니다.

用於有意圖或目的的假設情況下。

答案：④

특별하다	다녀오다	외국인	관광	고르다	이상
特殊	去一趟	外國人	觀光	挑選	以上

신청하다	이용하다	안내하다	정말	편리하다	앞으로
申請	利用	引導	真的	方便	往後

세계	소개하다
世界	介紹

이 글의 내용으로 알 수 있는 것을 고르십시오

저는 지난 주말에 특별한 버스를 타고 전주에 다녀왔습니다. 이 버스는 외국인만 이용할 수 있는 외국인 관광 상품입니다. 매주 한 번 한국의 곳곳을 자유 여행하는 상품이기 때문에 이 (㉠) 인터넷으로 예약해야 합니다.

먼저 여행하고 싶은 지역을 골라 예약하고 4명 이상이 신청하면 버스를 이용할 수 있습니다. 1박 2일 동안 지역 관광을 외국어로 자세하게 안내해줘서 정말 편리했습니다. 앞으로 한국에 관심이 많은 전 세계 친구들에게 이 버스를 소개할 생각입니다.

① 이 버스는 매일 출발합니다.
② 이 버스에는 가이드가 있습니다.
③ 이 버스는 한국인도 이용할 수 있습니다.
④ 이 버스는 2명만 예약해도 이용할 수 있습니다.

公式

我週末時搭乘特殊巴士去了一趟全州，那是只有外國人能搭乘的外國人觀光商品，因為該商品於每個星期會去韓國各個地方自由旅行，此一 ( ) 必須使用網路預約。

先挑選想去旅行的地區後預約，若是 4 個人以上申請就能使用該巴士。2 天 1 夜的地區觀光會使用外文詳細說明，真的很方便。往後我想要向全世界對韓國感興趣的朋友們介紹這個巴士。

지문의 내용 本文的內容	추론 推論	선택지의 내용 選項的內容

① 이 버스는 매일 출발합니다.　這個巴士每天都有班次。

☛ 一個星期一次

② 이 버스에는 가이드가 있습니다.　這個巴士上有導覽。

☛ 2天1夜的地區觀光都以外文詳細介紹，真的很方便。

③ 이 버스는 한국인도 이용할 수 있습니다.　韓國人也能使用這個巴士。

☛ 只有外國人

④ 이 버스는 2명만 예약해도 이용할 수 있습니다.　這個巴士就算只有2個人預約也能使用。

☛ 4人以上

答案：②

특별하다	다녀오다	외국인	관광	고르다	이상
特殊	去一趟	外國人	觀光	挑選	以上
신청하다	이용하다	안내하다	정말	편리하다	앞으로
申請	利用	介紹	真的	方便	往後
세계	소개하다				
世界	介紹				

TOPIK I 新韓檢初級--聽力+閱讀 20 天解題奪分秘技

作　　者：金明俊
譯　　者：林建豪(Bryan)
企劃編輯：王建賀
文字編輯：詹祐甯
設計裝幀：張寶莉
發 行 人：廖文良

發 行 所：碁峰資訊股份有限公司
地　　址：台北市南港區三重路 66 號 7 樓之 6
電　　話：(02)2788-2408
傳　　真：(02)8192-4433
網　　站：www.gotop.com.tw
書　　號：ARK000100
版　　次：2020 年 08 月初版
建議售價：NT$400

國家圖書館出版品預行編目資料

TOPIK I 新韓檢初級：聽力+閱讀 20 天解題奪分秘技 / 金明俊原
　著；林建豪譯.-- 初版.-- 臺北市：碁峰資訊, 2020.08
　　面；　公分
　ISBN 978-986-502-145-0(平裝)
　1.韓語　2.詞彙　3.語法　4.能力測驗
803.289　　　　　　　　　　　　　　　　108007710

讀者服務

● 感謝您購買碁峰圖書，如果您對
本書的內容或表達上有不清楚
的地方或其他建議，請至碁峰網
站：「聯絡我們」\「圖書問題」
留下您所購買之書籍及問題。
（請註明購買書籍之書號及書
名，以及問題頁數，以便能儘快
為您處理）
http://www.gotop.com.tw

● 售後服務僅限書籍本身內容，若
是軟、硬體問題，請您直接與軟、
硬體廠商聯絡。

● 若於購買書籍後發現有破損、缺
頁、裝訂錯誤之問題，請直接將
書寄回更換，並註明您的姓名、
連絡電話及地址，將有專人與您
連絡補寄商品。